Vlf JR

João Pereira de Andrade e Silva

Convém que o Bispo seja Casado

F I C Ç Ã O

CPAD

Copidesque: Leila Teixeira
Revisão: Gilmar Vieira Chaves
Capa: Hudson Silva

869B - Literatura Brasileira
Silva, João Pereira de Andrade e
SILc Convém que o Bispo Seja Casado.../João Pereira de Andrade e Silva
1ª ed. - Rio de Janeiro: Casa Publicadora das Assembléias de Deus, 1998
p. 200. cm. 14x21

ISBN 85-263-0176-4

1. Literatura brasileira 2. Narrativa brasileira

CDD
869B - Literatura Brasileira

Casa Publicadora das Assembléias de Deus
Caixa Postal 331
20001-970, Rio de Janeiro, RJ, Brasil

2ª Edição 1998

Índice

SEGUNDA PARTE

Uma Palavra ao Leitor

Apresentamos aos leitores: *Convém que o Bispo Seja Casado*. Esta obra tem por objetivo principal a glorificação do Senhor Jesus Cristo e o enaltecimento de sua Igreja.

Trata-se da história de um padre que foi excomungado por haver contraído matrimônio com uma moça de bem. Ele foi excomungado, mas se tivesse optado pela posição cômoda de mancebia, como muitos assim procedem, afrontando à igreja e à sociedade, talvez não houvesse sofrido a penalidade, com a seqüente perda das ordens.

Na segunda parte do livro, o leitor encontrará a contestação de todas as razões e argumentos de que se louva a igreja de Roma e, principalmente, o papado, para negar aos seus sacerdotes o direito que o Código Divino, a Bíblia Sagrada, lhes outorga.

A defesa do padre excomungado é feita com segurança, baseada sempre nas páginas aurifulgentes do Livro dos livros, contra o qual nada significam os códigos de direito canônico, tradições ou *motus proprius*.

O leitor verificará que a história eclesiástica contém fatos estarrecedores, os quais foram escritos por historiadores romanos ou pertencentes à igreja de Roma, como seja, a situação de um papa que teve amante e filhos etc.

Saberá também que procissões foram organizadas por católicos nas ruas da capital da França, na época dos Diretórios, no período da Revolução Francesa, e que seus componentes paramentaram um jumento, colocando-lhe uma mitra episcopal sobre a cabeça e, conduzindo-o pelas ruas de Paris, aclamaram-no bispo. E quem no-lo afirma é o insuspeito historiador católico Vascontti.

Contestamos a manutenção do celibato dos padres e o ecumenismo. Aliás, este último tem sido ardilosamente difundido entre as igrejas evangélicas, as quais parecem desempenhar o papel de "Chapeuzinho Vermelho", esquecendo-se de que a "loba romana" não mudou os seus hábitos.

Este livro servirá de pesquisa ao leitor que assim o desejar.

Como já dissemos em outras obras, não tivemos a intenção de apresentar originalidade literária. A linguagem é simples. Aquela que falamos, sem o rebuscamento pedante.

O autor

Dedicatória

Com humildade e reverência dedico esta obra ao meu divino Salvador e Mestre Jesus Cristo, a quem devo a inspiração desta e de todas as obras que escrevo.

A Ele, que não foi escritor, mas inspirou as maiores obras da literatura mundial; a Ele, que tem sido o sustentáculo em minhas fraquezas e aurora de minhas noites.

Como homenagem, dedico também aos leitores cristãos, principalmente aos evangélicos, formulando votos de que nestas páginas possam obter outros esclarecimentos sobre a magnitude deste problema em evidência: o celibato dos sacerdotes; que possam distinguir a sublimidade do Código Divino, a Bíblia Sagrada, em contraste com o *Código de Direito Canônico* e os outros códigos humanos; que possam, enfim, haurir edificações espirituais que os tornem ainda mais firmes e constantes naquEle que não é um mediador, mas o "único mediador entre Deus e os homens, Jesus Cristo, homem".

"Ao Rei dos séculos, imortal, invisível, ao único Deus seja honra e glória para todo sempre. Amém"
(1 Tm 1.17).

O autor

Agradecimentos

A todos aqueles que colaboraram para o preparo e edição desta obra apresento os mais sinceros agradecimentos, pois criticar aquilo que outros escrevem é fácil e até constitui aprazimento, mas escrever para que outros leiam é muito diferente.

Ao Dr. Oswaldo Ferreira Fortes, ilustre médico do Hospital dos Servidores do Estado de S. Paulo, pelas opiniões valiosas que expendeu; à ilustrada professora Mabel Skiete do Nascimento, integrante do grupo de trabalho elaborador do *Currículo de Educação Pré-escolar*, realizado pela prefeitura do Município de São Paulo, por sua maneira gentil com que nos atendeu, lendo originais e sugerindo modificações que contribuíram para melhorar a forma deste trabalho; às minhas filhas Elizete e Waldinéia, que me auxiliaram de modo tão eficiente; aos servos de Jesus Cristo, entre eles, José Rogério Carvalho, um dos proprietários da Ótica Precisão, das cidades de Pato Branco, Cascavel, Guarapuava e Ponta Grossa, e Antônio e Arita Régis, proprietários das lojas que estenderam a mão de ajuda para a edição desta obra, contribuindo, assim, para que o nome do Senhor Jesus seja glorificado e sua Igreja continue sendo enaltecida.

A todos, a minha gratidão.

O autor

CAPÍTULO I

O Padre Desprezado

Eram precisamente oito horas da manhã quando ele chegou e depositou a pasta de couro sobre a mesa de trabalho. Em seguida, com gestos distintos, retirou do bolso do paletó os óculos bifocais de armação dourada e, depois de uma ligeira limpeza, colocou-os nos olhos com acerto delicado e formal. Após correr o olhar atencioso pelas mesas dos outros funcionários, retirou da pasta um livro pequeno, cujas folhas marcadas leu com reverência e, baixando a cabeça discretamente, balbuciou algumas palavras, fazendo o sinal da cruz.

Certo de que ninguém o estava observando, retirou de outro bolso do paletó qualquer coisa que beijou rapidamente, repetindo o sinal da cruz. Assentando-se na cadeira de encosto amplo, apanhou uns papéis que estavam sobre a escrivaninha e começou a examiná-los com atenção, assinalando qualquer coisa com o lápis. Era homem cuidadoso no seu trabalho e correto nos detalhes, caprichando sempre na pontuação.

Falava pouco, o estritamente necessário ao bom andamento do serviço, porém, tratava bem a todos, de modo que seus gestos educados impressionavam até os patrões.

Era homem de estatura mediana, claro, de cabelos castanhos bem penteados. Um tipo forte e simpático, quase impressionante. Seu olhar inteligente e perscrutador contribuía para que o vinco entre as sobrancelhas aparecesse, demonstrando certa preocupação que lhe oprimia a alma.

Era o ex-padre Alberto Mont'Alvão, que havia sido ordenado num dos melhores seminários das dioceses do país.

Por sua inteligência e aplicação, sempre se destacara nos estudos. No trabalho, falava pouco com os colegas e menos ainda com as senhoras e moças. Parecia um tímido, arredio e introspectivo. Entretanto, não o era. Aquela aparência resultava de um drama íntimo. Um sentimento de amargura ou sofrimento sem culpa. Nele, o homem natural, a criatura "feita à imagem de Deus", havia sido modificada por uma modelação deformadora.

Obediente à vocação, cedeu ao primeiro impulso, sem um exame mais aprofundado. Cursou o seminário e foi ordenado sacerdote. E dos colegas e professores ouvia sempre: "Uma vez padre, padre para sempre".

No escritório, todos o conheciam como o Dr. Mont'Alvão. Com o passar do tempo, todos tomaram conhecimento da sua verdadeira situação: Ele era um padre excomungado. Um sacerdote alijado do ministério. Todos sabiam, porém em sua presença ninguém falava do assunto, pois a autoridade moral que exercia sobre os outros funcionários desencorajava os mais curiosos ou afoitos.

Quanto ao motivo, também não o ignoravam, e a maioria lhe dava razão, com exceção de alguns praticantes e de uma mãe solteira que se dizia católica convertida, mas que lhe moviam perseguição dissimulada e surda.

A história daquele padre excomungado envolvia lances singulares e lições indeléveis. Ao terminar o curso primário em sua cidade natal, Mont'Alvão fora visitado por um tio, irmão de sua genitora e tabelião na capital do Estado. Era homem conceituado, proprietário de vários imóveis e católico praticante, embora suas empregadas se queixassem de alguns beliscões. Comentava-se que certa feita fora encontrado abraçado com uma doméstica. — Bem, isso é coisa da vida — diziam.

Durante os dias que passara naquela cidade, em visita à mana viúva, o tabelião tomara conhecimento de que o sobrinho era muito inteligente e aplicado nos estudos, o primeiro da turma que, havendo declamado uma poesia de Olavo Bilac, o fizera com tanta eloqüência que o próprio juiz da comarca o elogiou muito, dizendo: "Esse menino vai longe".

O tio, homem experiente, sugeriu que o rapazinho prosseguisse seus estudos, pois, por ser muito inteligente, poderia dirigi-lo até aos galarins da glória neste país.

Um dia, após o almoço, o tabelião indagou:

— O que você gostaria de ser, Alberto?

— Eu quero ser padre — respondeu o menino, firme e convicto. Surpreendido com a resposta inesperada, o tio retrucou-lhe em tom quase de censura:

— Então você quer ser sacerdote, desses de batina preta?

— Quero, sim senhor. É bonito andar de batina.

— Não é bonito apenas, meu filho. É uma graça de nosso Senhor! — interveio a mãe, ao ouvir emocionada as respostas do garoto.

Passado o momento da surpresa causada pela resposta de Mont'Alvão, o tabelião anuiu plenamente ao desejo do sobrinho. E a mãe, jubilosa e sonhadora, deu logo o consentimento, dizendo que se o mano desejasse poderia levá-lo para que estudasse num seminário lá da capital e que, embora não fosse rica, custearia os seus estudos.

— Quanto a isso, não haverá problema. — confirmou o tabelião. — Quando regressar, falarei ao senhor bispo que é meu conhecido.

Naquela cidade, durante as semanas seguintes, principalmente entre a vizinhança de Dona Joaninha, mãe de Alberto, não se falava noutra coisa. E as beatas já parabenizavam a mãe do futuro sacerdote.

Quando alguém mais impertinente lhe perguntava, o menino respondia com a firmeza característica que sua personalidade já esboçava:

— Sim. Vou ser padre. É bom andar de batina.

Três dias antes da partida, o tio, um homem muito carinhoso, chamou-o para junto de si na cadeira de balanço e indagou-lhe se estava satisfeito com a ida para a capital.

— Estou sim, senhor. Só sinto deixar minha mãe, minha boa mamãe. Mas eu quero ser padre.

O tio descreveu-lhe as pompas das vestimentas sacerdotais, a solenidade do dia da ordenação, o altar, as missas campais, tendo as autoridades como assistentes. Os sermões arrebatadores, viagens a Roma, visitas ao papa etc. Ao ouvir essas coisas, o rapazinho foi tomado de um entusiasmo indescritível.

Um mês após a partida do tio, a mãe foi levá-lo, deixando-o aos cuidados do tabelião que havia falado com o senhor bispo e conseguido lugar no seminário menor.

Menino de boa formação, pacato e inteligente, Mont'Alvão comportou-se dignamente durante os estudos. Sempre obtinha boas notas em todas as matérias do currículo. Sentia, sobretudo, o convite da graça que o levava a um impulso mais consagrador.

Após alguns anos recebera a tonsura, o subdiaconato, o diaconato e, por fim, a ordenação sacerdotal ou presbiterado. Como sempre, cantando o *Veni Creator.*

Mont'Alvão tinha a inclinação sobrenatural. E, depois de ordenado sacerdote, foi pelo bispo designado coadjutor de uma paróquia existente no subúrbio da capital. Nessa condição, procedeu com decência, desempenhando suas atribuições com desvelo e respeito ao pároco, seu superior.

Emudecido, mas sincero no seu mister de sacerdote, ignorava os olhares tentadores que lhe eram dirigidos por paroquianas mais desenvoltas, inclusive algumas casadas.

Como era um moço de bom testemunho, já no terceiro ano de ordenação foi transferido para uma diocese do interior, onde o bispo designou-o para uma cidade grande, cuja paróquia era uma das mais rendosas da região.

Na condição de vigário, continou se conservando dentro dos pródromos da religião e servindo como sacerdote. Sua conduta exemplar atraía o respeito e a admiração de todos os paroquianos. E, com relação à obediência aos superiores, era um padrão, o exemplo de um sacerdote humilde e direito.

CAPÍTULO II

A Noiva do Padre

Na paróquia, todos o respeitavam. Até os protestantes reconheciam-no como homem de bem. Mont'Alvão, apesar de zeloso pela sua religião, era tolerante. Não atacava ninguém e, se o fazia, era às escondidas, pelo confessionário. Tinha, porém, o cuidado de apresentar sua religião como a da maioria, a melhor e a mais certa: "A única portadora da verdade", afirmava ele.

Ao iniciar o terceiro ano como vigário daquela paróquia, num mês de novembro, recebeu o convite para benzer uma capela construída na fazenda dos Portelas, distante uns 15 quilômetros da cidade e da propriedade do seu Jerônimo Portela, fazendeiro dos mais prósperos daquela região e pertencente à tradicional família dos Portelas, muito rica e com médicos, advogados, professores e outros, cuja maior parte vivia na capital.

Seu Portela tinha quatro filhos, ou melhor, dois casais de filhos. Os dois rapazes já estudavam em faculdades, e a filha mais velha se preparava para ingressar também num estabelecimento de ensino superior. A mais nova, a caçula, clara, cabelos pretos, caindo sobre os ombros bem emoldurados, era moça morigerada, simples e meiga. Possuía uma beleza que se destacava mais pela simpatia e viço da mocidade, chamando a atenção dos moços interessados, rapazes fazendeiros como ela e da mesma região. Ela cursara o ginásio e deixara os estudos, passando a viver em companhia dos pais.

Moça despreocupada, nunca tivera a atenção despertada por algum moço da roça ou da cidade. Sua irmã, ao contrário, já tinha um namorado. O velho era uma fera. Com ele tinha de ser compromisso para casar ou então desistir.

Daísa, a mais moça, era a filha do coração do pai. A outra, que estudava e vivia na capital, nutria um ciúme surdo, quase incontido por causa do carinho que o pai dispensava à mais jovem.

O genitor justificava a atenção especial que dedicava a Daísa. Essa jovem vivia com os pais, na fazenda, participando de trabalhos grosseiros, enquanto a outra residia na capital, estudando e freqüentando reuniões sociais, cinemas, teatros etc. A mais velha não se conformava. Contudo, estimava a irmã, reconhecendo o seu caráter realmente exemplar.

No dia aprazado, padre Mont'Alvão chegou acompanhado do sacristão e de outras pessoas que vieram participar da festa. Sempre correto no desempenho de seu ministério, Mont'Alvão procedeu ao benzimento da capela, igrejinha simples, porém bem construída, ornada com imagens e outros enfeites. Após a cerimônia, o sacerdote, que havia despido os paramentos próprios para essas ocasiões, foi convidado para o almoço, um verdadeiro banquete à moda sertaneja. Havia pratos variados e ricos em calorias. O padre almoçou discreta e delicadamente. Ele pouco conversou durante a refeição, limitando-se a responder às perguntas que lhe eram feitas.

Os parentes, fazendeiros e outras pessoas que estavam presentes conversavam animadamente, no vozerio costumeiro dos homens do meio rural. A alegria já contagiava a todos, devido ao efeito do vinho e da aguardente.

Dona Genoveva, a mãe de Daísa, ofereceu ao sacerdote um quarto para que fosse descansar, enquanto um grupo de rapazes e moças famintos solicitaram-lhe reverentemente uma licença especial, para que pudessem iniciar o folguedo.

Não demorou muito para que o padre Mont'Alvão ouvisse do quarto o som das sanfonas e das violas. Os fazendeiros dançavam com suas famílias no salão da casa grande da fazenda, enquanto numa ala mal iluminada, junto ao porão, os agregados com esposas e filhos, na maioria com os pés descalços, repicavam na toada das violas o ritmado cateretê ou o passo marcado das quadrilhas! Cansado e aborrecido com o barulho, o padre resolveu apresentar despedidas. Queria ir-se embora. Então, preparou as bolsas e uma pequena maleta, mandou chamar o sacristão com ordem para que se apresentasse naquela hora. No entanto, para surpresa sua, o homem havia ido a outra fazenda bem distante visitar parentes. O sacerdote ficou desolado, pois outros compromissos o aguardavam na cidade. Contudo, não podia deixar o ajudante, e foi obrigado a esperar por muito tempo. O homem voltou somente no outro dia, embriagado e cantarolando um bendito.

Aquela espera, no entanto, contribuiu de modo decisivo para transformar todo o curso da vida de Mont'Alvão, até aquele momento tão pacata e orientada dentro dos rígidos — pelo menos em teoria — princípios da religião que aprendera e ainda vivia.

Voltou ao quarto onde havia tentado descansar um pouco. Contrariado pelo barulho do pagode, saiu novamente para o corredor, onde encontrou-se com Daísa, filha do fazendeiro Jerônimo Portela. Foi um encontro quase violento, no qual sentiu quando seu peito bateu no busto, ou melhor nos seios eretos e bojudos da moça que, contrafeita, recuou, pedindo perdão.

Fora um encontro casual, imprevisto mesmo! Uma coincidência. Ela vinha pelo corredor, descuidada; e ele saía do quarto, rápido e nervoso, pensando na sua volta à cidade e nas obrigações. Depois daquele encontro, o sacerdote permaneceu alguns minutos junto à porta do quarto, olhando para o salão, de onde "via" o vozerio daqueles que dançavam ou falavam alto. Nesse instante surge Daísa, que vinha apressada, trazendo uma bandeja com o bule de café com leite e biscoitos. Aborrecido como estava, aceitou somente uma xícara de café com leite, que ingeriu a goles grandes e rápidos, mais pelo efeito do nervosismo do que pelo apetite.

Ao depositar a xícara vazia na bandeja enfeitada com ornamentos dourados, seus olhos encontraram os de Daísa e, por segundos, se fixaram um no outro. Aquele olhar puro e rápido o fez estremecer de maneira diferente. Sentiu reflexos nos nervos, coração, enfim por todo o corpo.

Ela, por sua vez, pretendeu disfarçar, pensar noutra coisa. Mas sem que o desejasse, saiu-lhe da garganta um pigarro seco, fino e bem feminino, denunciador de algo que lhe havia atingido o ego de mulher. O pigarro saíra como uma confirmação de que o olhar inesperado, comunicara um estranho sentimento não somente ao coração ou ao instinto, mas à sua alma de mulher. Ao se retirar faceiramente, ela sentiu uma espécie de calafrio. Uma reação diferente que lhe envolvia o ser.

Recostado à porta do quarto, Mont'Alvão, como se tivesse sido hipnotizado, atraído por uma força irresistível, acompanhou-a com um olhar sonhador. Maquinalmente, seus olhos caíram sobre os ombros e cabelos, até a cintura fina, que deixava sobressair as nádegas bem torneadas. Baixando a vista, permaneceu pensativo durante alguns minutos.

Voltando a si, como se despertasse de um maravilhoso êxtase, pensou: "Isso é artimanha do demônio, uma cilada!" E persignou-se rapidamente, clamando pelo santo de devoção.

Foi até uma sala menor, onde assentou-se sobre um pequeno divã recoberto de pano de seda chinesa. Tomado de pânico momentâneo, resolveu voltar à cidade, com ou sem sacristão. E, chegando até a janela, chamou um dos camaradas que passava ligeiro, determinando-lhe, de forma autoritária, que selasse o cavalo, pois pretendia seguir imediatamente.

O serviçal, que havia ingerido boa quantidade de bebida, não entendeu o que o padre lhe dissera e subiu a escada em passos displicentes. Ao chegar à sala onde Mont'Alvão se achava, cumprimentou-o humildemente, beijando-lhe a mão.

Irritado, o sacerdote reiterou-lhe a ordem: — Prepare meu animal, quero voltar agora mesmo!

Com a boca meio torta e olhar cozido, o camarada respondeu:

— Tá certo, seu vigário Montarvão. Vancê manda, uai! Mas premêro preciso falá com o seu Jerônimo. Ele é o patrão.

— Sim, vá falar com ele e diga-lhe que desejo viajar agora. Não vou esperar o sacristão. E olhe aqui, meu nome não é Montarvão, mas Mont'Alvão.

— Tá certo. E vancê me adiscurpe, padre Monti-Alvião!

Mal contendo o riso, o sacerdote reafirmou: — Vá falar com o Sr. Portela!

Ao receber o recado, seu Jerônimo respondeu:

— Mas eu pensei que ele estivesse dormindo. Por que tanta pressa? Nem bem escureceu.

— Num sei, não sinhô; sei que ele qué ir se embora agora mêmo!

Naquele instante, antes mesmo que o fazendeiro pudesse ordenar ao empregado para que cumprisse o desejo do padre, um relâmpago em zigue-zague riscou o céu. E, no horizonte, nuvens pesadas começaram a juntar-se como tropa no quartel ao ouvir o toque de reunir acelerado. Os outros fazendeiros que palestravam ao lado de Portela interromperam a conversa, olhando perscrutadoramente o local de onde partira o relâmpago e divisaram a tempestade que se avizinhava. Estava próxima a estação das chuvas, porém não esperavam por aquela tão súbita.

Aos estalos dos primeiros trovões, que ribombavam ao longe, os homens lá embaixo se afastaram da gameleira, correndo todos para o porão da casa. Na sala, onde alguns pares ainda dançavam, o efeito da trovoada abalou os ânimos, fazendo com que os festeiros, damas e cavalheiros suspendessem a contradança, dispensando violeiros e sanfoneiros.

O dono da casa, preocupado, chegou até a sala onde Mont'Alvão se encontrava constrangido a resmungar baixinho. Ao encontrá-lo, Portela avisou-o da chegada de uma chuva tempestuosa.

Decepcionado, o vigário olhou pela janela os primeiros pingos grossos, acompanhados do relampejar intermitente. Em poucos minutos, a chuva e a escuridão dominavam tudo. As mulheres, amedrontadas, se benziam, enquanto acendiam os lampiões colocados em seus lugares. Os ventos fortes sibilavam pelo telhado, pelas frestas das portas e janelas da casa, apagando a luz bruxuleante dos candeeiros suspensos nas paredes e tetos.

Reunidos na sala, todos falavam pouco. Entre as mulheres, algumas rezavam, pedindo a São Jerônimo e a Santa Bárbara para que acalmassem a chuva e a tempestade. Mont'Alvão as ouvia calmo e enigmático.

Num alojamento forçado, na sala, Daísa também veio. E, puxada pela mãe, que a obrigou a aproximar-se do vigário, procurava esquivar-se, afastando a cadeira para trás.

Mont'Alvão se afastou, colocando-se bem junto à parede, procurando evitar qualquer suspeita. A moça, na sua perspicácia de mulher, compreendeu que o sacerdote havia sentido o efeito do olhar trocado horas antes, quando lhe serviu o café. E, por sua vez, contrariando o desejo da mãe e para que ele notasse, levou a cadeira para mais distante. A fazendeira, todavia, recriminando-lhe a atitude, pediu desculpas ao padre:

— Não repare seu vigário, essa menina é assim mesmo, retraída e caipira! Quase não sai de casa e, por isso, fica com essas bobagens. Nem parece uma moça que tem curso ginasial! É boba de tudo!

Com essas justificativas, Dona Genoveva correu aonde a filha estava e, apanhando-a pela mão, trouxe-a quase arrastada até onde se encontrava o padre. Sorrindo discretamente e meio desconfiada, a moça estendeu a mão, cumprimentando Mont'Alvão, que, emprestando um timbre muito sério à voz, perguntou-lhe:

— Então, cursou o ginásio?

— E com boas notas — respondeu a fazendeira em lugar da filha.

— Não quis continuar os estudos, por quê? — interrogou o padre. Novamente, Dona Genoveva respondeu pela filha:

— Não quis estudar mais. Prefere ficar conosco na fazenda. Aliás, é quem me ajuda em tudo, fazendo-me companhia, pois a mais velha reside na capital.

— Mas devia voltar a estudar. Bem, como é mesmo o seu nome?

— Daísa — informou a mãe com orgulho. — Um nome raro, não é, seu vigário?

— Sem dúvida, raro e bonito!

Quando percebeu, Mont'Alvão já tinha dito aquele "bonito". Fora uma traição do subconsciente.

— Todos acham bonito — voltou a falar Dona Genoveva, visivelmente satisfeita.

Permanecendo numa atitude tensa, Daísa não dizia uma palavra. Inibida, tentou falar qualquer coisa, mas gaguejou, e a voz, meio entrecortada, sumiu.

A mãe, muito desenvolta, exortou a filha:

— Fala alguma coisa, menina! Engoliu a língua, ficou boba?!

Com sacrifício, num esforço enorme, indagou:

— E o senhor, como se chama?

— Ora, me chamo padre Mont'Alvão!

A mãe, que tinha ido atender ao chamado de um hóspede, deixou os dois a sós por um momento. Então, a jovem tomou mais coragem e disse:

— Bem, eu sei que o senhor se chama padre Mont'Alvão, mas e o prenome?

— Alberto, isto é, Alberto Mont'Alvão.

— A... Alberto? — indagou a moça, timidamente. — Bonito nome!

O vigário, um tanto confuso, voltou a falar:

— Até o senhor bispo só me conhece por Mont'Alvão.

— É bonito esse nome — reafirmou a jovem com ingenuidade.

— Mont'Alvão?

— Não. Alberto — acudiu Daísa, consertando.

Dona Genoveva ficou eufórica quando a viu trocando algumas palavras com o padre e, voltando-se para junto da filha, disse:

— Até que enfim soltou a língua!

Dizendo essas palavras, a mãe da moça, procurando o marido, o seu Jerônimo, olhou para os convidados que estavam na sala. E, finalmente, encontrou-o junto a um grupo de amigos, conversando sobre vários assuntos. Lá fora a chuva caía pesada e ininterruptamente.

Enquanto a mãe fora buscar o fazendeiro, Daísa permanecia junto ao vigário, porém calada. Mont'Alvão, vendo o seu embaraço, olhou-a com ternura. Ela, sem querer, voltou a olhar dentro de seus olhos. Sem entender o que significava aquilo, os dois se contemplavam. Naquele instante, um relâmpago voltou a esfuziar com um clarão tão intenso que ultrapassou a luz trêmula e indecisa dos lampiões, produzindo um estrondo medonho, o qual fez cessar por vários minutos as conversas e risadas dos grupos na sala. Um raio havia caído perto. Talvez na gameleira, próximo ao curral.

Trazido pela esposa, Portela tinha chegado junto ao sacerdote e, sabedor de que a filha trocara algumas palavras com o padre, voltou-se para a mulher e disse:

— Não sei como isso pôde acontecer, pois não conversa com ninguém. Esta minha filha, padre, sempre foi de pouca conversa, mas é inteligente e amorosa. Ela tem ainda mais um defeito, não quis continuar os estudos; prefere ficar aqui na fazenda, ajudando a lidar com os empregados, a tirar leite e fazendo outros serviços. Até bicheiras da criação ela ajuda a curar. E tem uma mão boa que só o senhor vendo. Bicheira que ela cura sara mesmo!

Ao terminar essas informações, o fazendeiro, passando carinhosamente a mão áspera e pesada sobre a cabeça da filha, beijou-lhe os cabelos negros e macios.

Mont'Alvão, acanhado, não sabia o que responder, enquanto Daísa de cabeça baixa, olhava a batina do padre.

A noite ia vagarosa e escura, enquanto o gemer da ventania no capoeirão distante era profundo e longo. Era como se a própria natureza estivesse a pressagiar acontecimentos que se estariam iniciando naquela noite tempestuosa. Lá fora ouvia-se o barulho das enxurradas e o mugir queixoso dos bezerros, lamentando a separação das mães e o efeito da tempestade. A chuva cessara, mas o estranho clangor dos trovões distantes ainda era ouvido ali na casa grande da fazenda dos Portelas.

Enquanto Daísa voltava à sua cadeira, Mont'Alvão, caminhando pensativo em direção ao quarto, dizia:

— E o meu sacristão, não voltou?

— E nem virá! — afirmou seu Portela, exteriorizando o contentamento pelo privilégio de ter o vigário como seu hóspede naquela noite.

— Ele não passa bem, mas o padre pode dormir sossegado. É uma honra para nós!

— Eu precisava estar na cidade. Tenho muitos compromissos.

— Nós sabemos. Porém nosso Senhor resolveu mandar a chuva de que estávamos precisando. Então, o senhor fica hoje aqui. Amanhã cedo mandarei um camarada levá-lo à cidade.

Daísa havia saído para a cozinha com a mãe, onde foram preparar o café especial para o padre e outros convidados. Com o término da chuva, a maioria dos convidados havia ido embora.

A dona da casa, muito cativante e prestativa, veio anunciar ao marido e ao padre que a cama estava pronta; mas primeiro teriam de ir à cozinha tomar um chá com broa de fubá. Relutando um pouco, Mont'Alvão acompanhou Portela até a mesa da cozinha. Cercado de atenções, assentou-se ao lado do fazendeiro, que fez questão de que Daísa tomasse lugar ao lado do seu vigário.

— É uma grande honra — dizia seu Jerônimo a todos os presentes.

Parecia uma conspiração premeditada. No entanto, eram coincidências, apenas coincidências. Sem que o percebessem, empurravam a moça para o sacerdote. E ela, com seus olhos brilhantes, sentia algo esquisito em tudo aquilo. E, intencionalmente, seus olhos encontravam os do vigário, que se fechavam rapidamente. Ninguém percebia, nem eles demonstravam nada. Todavia, desde o primeiro olhar à tarde, naquele corredor entre o quarto e a sala, algo aconteceu com eles. Aquele episódio teria implicações graves para as suas vidas.

Durante o chá, Daísa não dirigiu uma palavra ao padre; houve verdadeiro mutismo entre ambos. Mas os olhares firmes e solicitantes se encontravam a miúdo, sem que o desejassem ou que houvesse um propósito deliberado. Era como se uma força estranha os impelisse um para o outro.

Ao se levantar da mesa, após a reza de agradecimento, Mont'Alvão despediu-se de todos, dizendo entre os dentes consigo mesmo:

— É uma tentação!

Talvez não fosse propriamente uma tentação, porém simplesmente aquela atração natural dos sexos opostos, ou quem sabe a ânsia de dois corações puros e sinceros que se buscavam reciprocamente.

Ao entrar no quarto, assentou-se no colchão fofo da cama de fundo de arame de aço, lembrança da velha Albion.

Antes de deitar, ajoelhou-se contrito e de mãos postas, rezou durante muito tempo, pedindo proteção ao santo do qual era devoto, para que o livrasse daquela grande tentação.

Na manhã do dia seguinte, no amanhecer de um dia de sol, foi despertado pelo pipilar das aves. Levaram-lhe a bacia esmaltada com a toalha, a fim de que pudesse lavar o rosto. Apressado, não se lembrou do café nem do sacristão. Apanhando a maleta, dirigiu-se ao curral, onde se encontrava o senhor Jerônimo, assistindo e tomando parte na ordenha das vacas. O fazendeiro, ao vê-lo despedindo-se de alguns camaradas, que lhe tomavam a bênção, correu também para cumprimentá-lo com afeto filial, dizendo:

— Que é isso padre? Que pressa! E o café? Não, não posso admitir que se vá embora sem que primeiro tome o café.

— Ora essa! O senhor se esqueceu de que prometeu um camarada para me acompanhar à cidade?

— Não me esqueci! Mas primeiro vamos tomar o café, que deve estar pronto. Vamos!

Tomando Mont'Alvão pelo braço, levou-o até a sala e de lá para a cozinha. Ao entrar, gritou logo à esposa:

— Veja, minha velha, o nosso vigário pretendia sair sem tomar café, em jejum.

Dona Genoveva, após enxugar a mão no avental, cumprimentou o sacerdote, que respondeu de forma cortês ao cumprimento. E, voltando-se para o esposo, disse:

— O café está pronto, esperando por Vossa Reverendíssima.

Mont'Alvão sorriu discreto e pensativo.

— Ponha logo o café, minha velha, o padre está com pressa!

Olhando para a porta de entrada da cozinha, Portela perguntou pela filha:

— E Daísa, já tomou café?

— Creio que já — respondeu Dona Genoveva.

— Mas eu a quero aqui, junto conosco; terá de tomar café com o nosso vigário. Vá chamá-la! — falou o fazendeiro, sempre sorridente.

Genoveva, atenciosa, saiu até a porta da cozinha, de onde chamou a moça, que lhe respondeu lá do terreiro onde estava distribuindo quirera para os pintinhos, espantando os patos gulosos que a cada descuido seu "bebiam" o alimento dos pintos. Daísa, limpando as mãos sujas de fubá de milho, veio atender à mãe, que bem junto ao ouvido disse-lhe:

— Seu pai quer que venha tomar café com o padre; pois para nós é uma grande honra tê-lo conosco. E deixa de timidez, minha filha, você é uma moça!

Daísa estremeceu ao ouvir: "Você é uma moça!" Naquelas circunstâncias, a mãe não sabia o quanto significava o fato de Daísa ser uma moça!

Acompanhada pela mãe, a jovem chegou à mesa, onde os dois homens já tinham iniciado, tomando o café com leite, biscoitos de polvilho, queijo e bolinhos. Um café lauto, rico mesmo! Por insistência do pai, Daísa encheu uma xícara grande e, tomando um pedaço de queijo, começou a comer com acanhamento e, olhar distante, enquanto Mont'Alvão também fazia questão de olhar para outro lado. Porém, distraidamente, ao estender a mão para apanhar um bolinho, tocou de leve a mão da moça, que sentiu um calafrio estranho. Com receio de ter sido observado, o sacerdote pediu desculpas à jovem, que respondeu com um "não há de quê".

— Não foi nada, não foi nada! — falou Portela, todo alegre e feliz pela presença do hóspede.

Mas para Mont'Alvão aquele toque de mão inesperado foi muita coisa. O coração batia-lhe descompassado. E, por um momento, olhou de frente o rosto de Daísa, que comia despreocupada. Como estava linda naquela manhã, vestida de campesina! Parecia-lhe mais bela do que no vestido de baile do dia anterior. Era uma beleza simples, autêntica, natural como as flores silvestres!

Por sua vez, ela permitiu que seus olhos se encontrassem novamente com os de Mont'Alvão. E, pela primeira vez, pôde sentir que havia um "quê" diferente para ela nos olhos do sacerdote. Algo de amor sincero e que, se não estava enganada, era paixão de verdade. Daísa continuava comendo, mas sem muito apetite. Naquele momento, o padre olhou-a novamente no rosto corado e bonito, no qual não havia nem vestígio do ruge, nem batom nos lábios. Bem próximo, o astro-rei projetava-se como se estivesse interessado em iluminar a face daquela mulher ingênua, apesar de bonita e até certo ponto fascinante. Uma beleza agreste e diferente que atraía sem propósito preconcebido aquele homem culto, porém inexperiente em assuntos relacionados ao amor.

Com exceção das escusas pedidas pelo toque das mãos, nenhuma outra palavra trocaram durante o café. Entre os dois jovens, somente os corações e os olhos se comunicavam de modo singular. Terminada a refeição, o sacerdote apressou-se em sair. Queria fugir daquela situação que para ele parecia um impasse.

Ao voltar ao curral, encontrou o sacristão conversando desenvolto, mas com a cara de ressaca. Havia tomado muitas pingas para comemorar a visita aos parentes. Contudo, pela manhã, montou a cavalo, voltando à fazenda dos Portelas em busca do amo. O padre, que o esperava impaciente, passou-lhe uma reprimenda na presença de todos. E o sacristão, homem submisso, tomou bênção do sacerdote, procurando beijar-lhe a mão. Dirigindo um adeus rápido a todos, abraçou seu Jerônimo, agradecendo-lhe as atenções.

Ao passar pela porteira do curral, acenou ainda com a mão para os que ficavam e notou que, ao lado da mãe, Daísa acenava-lhe com um lenço vermelho. Cor bem significativa. "Pode ser coincidência ou não", pensou. Ao lembrar-se dos olhares durante o café daquela manhã, sentiu um estremecimento. Já distante, voltou novamente a olhar para a casa da fazenda e, para sua surpresa e contentamento, lá estava ela, acenando sozinha com o lencinho vermelho. A mãe já tinha ido para dentro. Daísa continuava na janela, olhando. Lá bem longe teve a impressão de que ela lhe jogara um beijo discreto, quase imperceptível. Seria verdade ou estaria imaginando coisas?

Calados, os dois homens cavalgavam os animais que, a trote puxado, venciam a distância entre a fazenda dos Portelas e a cidade.

Chegados à casa paroquial, Mont'Alvão apeou, dando algumas instruções ao fâmulo, e a seguir entrou em casa, onde já o esperava, preocupada, a velha Sebastiana, sua governanta e cozinheira. Mulher religiosa praticante, respeitava o sacerdote e patrão como a um santo. Indo até a cozinha, dirigiu-lhe uma saudação rápida e delicada, como era de seu costume. Ao que a serviçal respondeu com um pedido de bênção com as duas mãos postas.

Foi informado de que havia chegado correspondência do bispado, ou melhor, do vigário-geral da diocese. Eram assuntos de rotina. Nada de maior importância.

Na paróquia, tudo estava em paz. Mas ele não se sentia tranqüilo! O coração continuava queimando. A recordação de Daísa o tornava inquieto. Aqueles olhos, sim, aqueles olhos...

Passaram-se os dias sem maiores novidades, até que chegou o mês de maio. E com ele as novenas e os casamentos!

CAPÍTULO III

Um Padre Apaixonado!

O mês de maio, mês das noivas, deveria ser saudado com distinção especial pelas moças das melhores famílias da sociedade local — no sentido financeiro ou de situação de vida —, pois na acepção da honra, do caráter, talvez aquelas menos favorecidas pela sorte fossem até melhores. Mas o certo é que as moças se apresentaram ao vigário dispostas a procederem à limpeza da igreja, lavando toda a parte interna do templo, espanando os altares e santos, enfim, enfeitando tudo.

Mont'Alvão rezava e fazia penitência, pedindo ao santo de devoção para que o livrasse ou fizesse esquecer Daísa. O coração, no entanto, continuava insistente e teimoso, dizendo não.

E o padre podia fazer seus os versos da poesia de Humberto de Campos:

> E ardo e choro;
> Ebriado na ventura da própria dor que o lascera e rala,
> Aplaude-me a loucura: fizeste bem, o coração me fala...

— Mês das noivas, casamento — suspirou Mont'Alvão. — Não para mim. Tenho votos e hei de cumpri-los.

Mas a imagem da fazendeira não lhe saía do pensamento.

— Que estará sucedendo comigo? — indagou num monólogo o sacerdote. —Nesta hora, o que estará fazendo ou pensando? Trabalhando, sem dúvida. Pura e simples como as pombas.

Com esses pensamentos, deixou a sacristia onde havia se despido dos paramentos utilizados na reza daquela noite. Silencioso, como se seus pensamentos estivessem sendo ouvidos por alguém, dirigiu-se à sua residência, olhando desconfiado em torno de si.

Chegou o mês de maio, com novenas, festejos e muitos casamentos. Na missa do penúltimo domingo do mês, Mont'Alvão saiu da sacristia todo paramentado para a missa e, quando virou-se para os fiéis, os seus olhos encontraram os de Daísa, que estava ajoelhada na terceira fileira de bancos, próximo ao altar. E, como os católicos rezam de olhos abertos, foi natural que ocorressem olhares entre ambos. Trêmulo e pálido, o padre tomou a posição respeitosa de oficiante no altar. E, todas as vezes que se voltava para o público, procurava desviar os olhos para um lugar distante, evitando os olhos da moça, ou mesmo o seu corpo. Porém, a tentação ou desejo natural de olhar para ela o torturava e o prendia como um laço apertado. A moça, como todas as mulheres, dissimulava, fingindo não ver a aflição do sacerdote. Não olhava nem levantava a cabeça e, contrita sob o véu, rezava distraída. Mas havia percebido nos gestos e na fisionomia uma exteriorização quase incontida, desde que ele tinha saído da sacristia e solene caminhara em direção ao altar.

Após a missa, Mont'Alvão se dirigiu ao batistério, junto à entrada do templo. Na pia batismal, ordenou aos padrinhos e madrinhas que se aproximassem com as crianças. Com expressão muito séria e solene, como era de seu costume, fez as perguntas de praxe, dando início à cerimônia. E, quando aproximou-se de uma das crianças, verificou, surpreso, que a madrinha de apresentação era Daísa. Ali estava, linda, bem vestida e com uma pintura discreta, deixando sobressair a tez de beleza natural, perfumada e juvenil. Ela parecia uma santa.

Ao deparar-se com aquela madrinha tão bela, o sacerdote sentiu um estremecimento, não resistindo à solicitação do coração. Olhou sério, discreto e suplicante. Quando levou a mão com a concha d'água, os dedos tremeram e resvalaram pela mão direita da jovem que, na emoção daquele contato, enrubesceu as faces, baixando os olhos num despistamento significativo.

Felizmente, ninguém viu nada. Mas os corações falaram naquela voz que somente o amor pode traduzir as palavras! Era exatamente nisso que consistia a doçura daquele amor surdo, secreto, quase proibido.

O sacristão, apesar da perspicácia de que era possuidor, não conseguiu perceber nada, a não ser o abaixar de olhos vergonhosos da moça, coisa comum, pensou ele, principalmente para as moças da roça, como as fazendeiras eram conhecidas.

Mont'Alvão, moço muito simpático, despertava a natural atenção de moças e mulheres casadas. Mas não dava confiança. Todas o tinham como um padre direito e, de fato, o era.

Ao sair da igreja, agora somente de batina e chapéu, dirigiu-se à residência paroquial. E, ao passar por um grupo de moças que palestravam no patamar da igreja, viu Daísa entre elas e esta o viu também, seguindo-o com o olhar até que ele entrasse na casa paroquial.

— Este nosso vigário é muito simpático, um amor — disse uma das moças — mas é muito indiferente.

— Parece que não vê a gente — falou a outra.

— Já ouvir dizer de padres que namoram, mas este nosso não dá bola. É durão mesmo — falou uma terceira moça do grupo.

— E como será o seu nome mesmo? Só o conhecemos como padre Mont'Alvão.

Daísa, distraidamente, ia revelando, mas engoliu as palavras. Calou-se. As outras, curiosas, perguntaram-lhe se sabia o prenome.

— Não. Não sei, eu ia dizendo outro assunto, sobre a missa rezada lá em casa.

À noite, acompanhada pelos pais, foi à reza.

Portela, o pai de Daísa, havia trazido muitos presentes para o padre. Eram leitoas, frangos e marrecos.

— É uma promessa que fiz a São Sebastião — disse o fazendeiro.

Depois da reza, Mont'Alvão, já na saída da igreja, procurou o casal Portela a fim de agradecer-lhes os presentes.

Seu Jerônimo, quando viu o vigário se aproximar, pediu licença e foi buscar a filha, que tinha se retirado para um grupo de moças.

— Venha cá, Daísa, falar com o padre. Precisa cumprimentá-lo, menina!

A moça, que havia posto outro vestido para a noite, estava mais bonita, com a cintura de vespa em época nupcial. Ao se aproximar do padre, sentiu um frêmito. O sangue subiu-lhe ao rosto, e o coração batia acelerado. Ele, aparentando uma naturalidade que estava longe de possuir naquele instante, estendeu-lhe a mão, cumprimentando-a delicadamente e procurando sempre desviar os olhos do rosto da jovem. Um sofrimento! Era justamente o contrário do que ele desejava no seu íntimo. Como moço apaixonado queria fitar aquela face, olhar dentro daqueles olhos e decifrar neles o grande segredo: será que ela também o amava?

Terminada a palestra, que foi rápida e formal, seguiu a passos ligeiros, enquanto ela o acompanhava absorta com seu olhar até a entrada na residência.

CAPÍTULO IV

O Noivado que Não Existiu

No dia seguinte, Daísa, acompanhada pelos pais, voltou à fazenda. No entanto, sentia uma inquietude na alma e no coração. Não tinha certeza do sentimento que Mont'Alvão nutria por ela. Além disso, ele era padre.

Mont'Alvão não a esquecia. A sua imagem de mulher amada o seguia em todos os momentos da vida: no trabalho, em casa, nas obrigações sacerdotais, nas desobrigações, enfim em toda a parte. Ela não lhe saía do pensamento. Era a sombra, não do seu corpo, mas da sua vida; da sua alma!

Na fazenda dos Portelas, Daísa, moça trabalhadora, simples e brincalhona, às vezes encolhia-se, tornando-se arredia. Quando chegavam visitas, então era um martírio: corria, escondendo-se nos quartos, principalmente se as visitas fossem rapazes. Sumia, não aparecendo nem para cumprimentá-los. E se a chamavam, pretextava estar procurando qualquer coisa. Assim, passaram-se os meses. Até que um dos Portelas, residente num bairro distante e também grande fazendeiro, realizou o casamento da filha, talvez prima de Daísa em terceiro grau. Como pertencesse a outra paróquia, a cerimônia que foi realizada na fazenda teve como oficiante outro sacerdote. Um velho brincalhão que gostava de uns goles, de contar e ouvir piadas. Muito diferente de Mont'Alvão, moço sério e de poucas palavras. Daísa observou bem o comportamento daquele sacerdote. Ela se conservava distante de todos, embora estivesse na sala de festas, onde todos brincavam animados pelos vinhos e licores finos. Alegando mal-estar, não quis dançar nem uma parte, fugindo delicadamente de todos os convites e galanteios. Estava linda, mas nem se dava conta disso. Coração e pensamentos estavam preocupados e ocupados. Desejosa que a festa terminasse, embora ainda distante, ouviu com alegria quando os galos anunciaram o amanhecer. Os noivos, cansados, foram assentar-se no corredor entre a sala do altar improvisado e o salão de festas. Quase não conversavam. Parecia que os argumentos e juras do período de namoro se haviam esgotado. Agora era a realidade. Pertenciam-se de fato e de direito. Os pais, outrora tão fiscalizadores, deixaram-nos a sós. Mas não falavam. A noiva meditava, recostando a cabeça ainda envolta pelo véu e a grinalda, bem junto ao ombro do noivo. Daísa, assentada numa cadeira, a um canto da sala, continuava pensativa e distante. Parecia uma solteirona, sem esperança.

Foi nesse instante que seu Jerônimo chegou, no desembaraço de fazendeiro bonachão, alegre pelo efeito das bebidas, e foi logo dizendo:

— Minha filha, o que está ocorrendo com você? Não a vi dançar nem uma vez. Está doente?

— Sim, meu pai. Estou adoentada, o senhor sabe.

Pensando tratar-se de incômodo de mulher, seu Jerônimo olhou-a com ternura compreensiva e respondeu:

— Eu não sabia. Mas logo hoje? Que coisa!

Apressado e meio cambaleante, Portela saiu e a seguir apareceu de novo, acompanhado de um rapaz, filho de outro fazendeiro. Moço forte e bonito. E, continuando no mesmo desembaraço que lhe era peculiar, apresentou o rapaz à filha:

— Olha, esta é a minha filha. — E para ela: — Este é o Gervã, filho do...

— Muito prazer — respondeu Daísa, com expressão delicada, mas indiferente.

Um tanto decepcionado, o rapaz, que era muito convencido, retribuiu:

— Obrigado. Gervã. Não quer me dar o prazer de uma parte?

— Eu...

Quando ia responder, o pai acudiu pressuroso:

— Não, Gervã, ela não está passando bem, você compreende?

— Sim, compreendo — falou o moço, em tom respeitoso e compreensivo.

— Mas podem ficar conversando um pouco, ora essa! — replicou o fazendeiro, procurando quem sabe propiciar o início de um romance.

A moça, todavia, tinha o seu pensamento muito longe. E não via o rapaz. Este, perspicaz, percebeu a indiferença em Daísa com relação à sua pessoa. Outras moças esperançosas se aproximaram de Gervã. Mas a filha do seu Jerônimo continuava no mutismo decepcionante. Não falava e, quando o fazia, era em monólogo, dando a impressão de que estava realmente se sentindo mal.

O rapaz, alegre e polido, permaneceu ao seu lado, mas conversando com as outras moças. Depois, voltando o olhar para ela, disse-lhe à queima-roupa: — Desde que deixei os estudos e terminei o científico, desejava muito conhecê-la, pois os meus colegas sempre me falam da beleza da filha do seu Jerônimo. E hoje tenho o grande privilégio de conhecê-la pessoalmente!

Ia continuar quando seu Jerônimo, espalhafatoso, disse:

— Esta minha filha é assim mesmo: calada, mas gosta de ser elogiada. Aliás, ela tem por quem puxar. A sua mãe, no início do nosso namoro, era assim também, não falava ou quase nem respondia o que eu lhe perguntava; porém, quando eu falava que ela era bonita, ficava toda radiosa.

— Mas eu não acho graça — interferiu Daísa. — Não aprecio elogios ou galanteios estudados.

Compreendendo o sentido das palavras do pai, continuou:

— Não me deixo impressionar!

O pai da moça, que também entendera as suas palavras, estranhando a atitude da filha, falou aos seus ouvidos, em tom baixo, mas autoritário:

— Lá em casa falaremos melhor!

Gervã, visivelmente envergonhado, saiu por uma tangente, dirigindo a palestra noutro sentido.

Ela, voltando-se para o pai, disse:

— Melhor, meu pai. Estou ansiosa para ir para casa!

Jerônimo, já irado, não ouvira direito as palavras da filha e perguntou:

— O quê?!

— Nada, meu pai. O senhor manda.

E, levando as mãos em concha sobre o rosto, chorou, soluçando alto.

— Não tive a intenção de magoá-la — falou Gervã. — Quis apenas externar a minha admiração pela sua beleza. Contudo, se é assim, não há de ser nada. Todavia, se for o nosso destino, acontecerá!

Daísa não entendeu as palavras ambíguas do Gervã. A essa altura, muitas pessoas do grupo, constituído pelo pai, a moça e o rapaz já haviam se aproximado. E todos já vislumbravam o acontecer de outra festa como aquela. Mas, no coração da jovem fazendeira, passava-se outro sentimento.

Quando os passarinhos começaram a anunciar a alvorada, seu Jerônimo chamou a família, bem como alguns camaradas que tinham ido à festa e seguiram rumo à fazenda. Embora lembrando-se do incidente com a filha, caminhava alegre, comentando a festa e os negócios que havia entabulado com outros fazendeiros, seus amigos. Daísa ia calada e triste. Não gostara daquele "acontecerá" dito pelo Gervã.

— Não há de acontecer nada; não gosto dele — resmungou.

Preocupada com as atitudes da filha, sua mãe perguntou-lhe:

— O que se passa com você, minha filha?

Com um risadão alto, seu Jerônimo interveio:

— São males de amor, Genoveva. Você precisa compreender!

— Daísa não quis dar o braço a torcer para o Gervã. E fez muito bem! Ele que a venha conquistar.

— É com ele, minha filha? Muito bem! Folgo muito e faço gosto.

A moça, mais zangada ainda, respondeu:

— Não é com ele!

— Então, com quem Daísa? E precisa ficar brava assim? Santo Deus!

Portela, com uma gargalhada sonora, finalizou a conversa:

— O Gervã é um dos melhores partidos desta região!

A moça chegava a ranger os dentes de raiva. Mas não respondeu nada ao pai. Como sempre sucede nesses casos, no outro dia espalhou-se a notícia do noivado de Daísa Portela com o Gervã. E a conversa obrigatória em todos os sítios e fazendas era a de que a festa do casamento da filha do seu Jerônimo Portela com o Gervã seria muito melhor do que aquela que tinham assistido. Seria de arrombar!

A notícia do noivado de Daísa Portela ecoou até a cidade, chegando ao conhecimento do padre Mont'Alvão. Daísa não foi mais à cidade, apesar da insistência dos pais. Ela dava sempre uma desculpa e ficava em casa bordando, cuidando de criações ou colhendo amoras no morro acima do casarão da fazenda.

Uns três meses depois da festa e do baile, Gervã apareceu na fazenda dos Portelas a pretexto de comprar uma novilha de raça. Porém, o motivo real era ver Daísa. O rapaz ficara impressionado com as atitudes sinceras da moça. "É uma menina decente e simples", dizia aos colegas. Ele não escondia o desejo de firmar um namoro sério com ela. Quanto ao seu Jerônimo, aprovava um futuro casamento da filha com o jovem Gervã. Moço bom, trabalhador e herdeiro de uma boa fortuna. "Um bom partido", sempre insistia na sua precipitada avaliação das coisas.

Com a habitual desenvoltura, Portela recebeu o rapaz, levando-o logo à sala grande da casa. Ali conversavam a respeito de muitos assuntos, mas ao perceber que o jovem notara a ausência da filha, o fazendeiro mandou chamá-la. A princípio, a moça desculpou-se por não estar arrumada. O velho, no entanto, não admitiu o pretexto, determinando o seu comparecimento à sala.

Ao chegar, ela dirigiu-se logo ao Gervã, cumprimentando-o com certa afabilidade fria e formal, a fim de que ficasse claro o seu desinteresse por ele naqueles termos que o pai pretendia. Permanecendo por alguns minutos junto ao rapaz, indagou-lhe pelos parentes, principalmente pela sua mãe e irmãs. Passados aqueles poucos instantes, pediu licença dizendo que precisava ver uma porca que havia dado cria. E saiu quase correndo. Assim que deixou Gervã ali na sala em companhia do pai, chamou Margarida e foi ver a porca que dera cria — uma dúzia de bacorinhos. Após verificar que a porca e os filhotes passavam bem, Daísa caminhou até debaixo dos pés de amoreiras, onde se achava uma vaca que também estava de cria nova. Uma linda bezerrinha, mestiça, holandesa com nelore. Porém a vaca, com ciúmes da cria, investiu contra Daísa que, habituada àquelas circunstâncias, desviou-se a tempo, evitando ser apanhada pelos chifres do animal.

Daísa nem deu maior importância àquele acontecimento, que constituía rotina para ela. Coisa comum em fazenda como aquela dos Portelas. Porém, Margarida, que deixara a moça junto aos pés de amoreiras e fora mais adiante, a fim de apanhar um feixe de lenha sob cujo peso vinha reclamando, ao observar que a vaca investia contra a patroa, ficou aterrorizada. E, largando o feixe de lenha, correu em tal disparada que o vestido de chita esvoaçava. Margarida era a empregada e residia com os pais, que eram agregados da fazenda, passando, todavia, a maior parte do tempo trabalhando na casa grande dos patrões. Tinha o mau costume de falar demais.Tudo o que ouvia passava à frente e com acréscimo! Ela havia tido um caso com um camarada de outra fazenda, que a colocava em posição de suspeita de não ser mais moça. Mas eram só conversas, ninguém podia provar nada contra ela, pois na fazenda se comportava muito bem, não dando motivos a censuras quanto à sua moral.

O único ou talvez o maior defeito que tinha era o de falar muito. Faladeira e curiosa. Uma leva-e-traz que não tinha rival. Ela era muito maliciosa e dizia que se Daísa não queria dar confiança ao Gervã era porque tinha compromisso com outro rapaz. "Quem sabe já estava apaixonada por outro?" inquiria ela. Devido às suas conversas e fuxicos, havia levado uma surra e de cabresto, que o pai lhe aplicara. O pai de Margarida, homem trabalhador, era um crente desviado e terrível. Ela era cabocla cor de cobre, forte, rosto comprido e robusta, mas não gorda. Alta e um tanto insinuante. Vivia seguindo os passos de Daísa, procurando descobrir algo em suas atitudes. Apesar de estimar a patroinha, sentia despeito porque esta não lhe confiava os seus segredos, não a admitindo como confidente. Daí o desejo de apanhá-la em alguma falta, mesmo a mais infantil.

Numa tarde, quando as duas tomavam café a sós na cozinha, Margarida perguntou a Daísa:

— Por que não namora o Gervã, moço tão bonito e bom?

— Porque não quero, ora essa! — respondeu Daísa, asperamente.

A outra sorriu maliciosa e disse:

— Nisso aí tem dente de coelho. Moça que foge de rapaz ou que não quer namorar tem coisa na certa. Ora, se tem!

— Não é da sua conta, nem dou satisfações — respondeu Daísa, já irritada.

— Não precisa dizer nada. Eu descubro.

CAPÍTULO V

A Paciência da Formiga

Com a investida da vaca, Margarida correra, chegando ao curral, onde contou uma história diferente daquela que realmente havia sucedido:

— A vaca parida quase me pegou; os chifres passaram raspando nas minhas costas. Foi um horror. Por verdadeiro milagre não fui alcançada, e por isso tive de jogar fora o feixe de lenha que trazia. Mas o pior de tudo eu não falei — continuou Margarida. — É que já tinha avançado contra Daísa. E ela correu tanto, coitada, que foi parar na divisa do capoeirão. E não voltou até agora!

Mas a Margarida exagerava. Daísa não havia corrido com medo da vaca, apenas se desviara de uma ameaça de sua investida, sem mais conseqüência. E, depois do incidente com a vaca, a fazendeira se dirigiu ao capoeirão, reserva de mata virgem, ciosamente conservada pelo fazendeiro. A moça, pensativa, subiu mais de um quilômetro adentro até encontrar entre velhas árvores, um lugar onde as folhas caídas circunfusas formavam um tapete sobre o qual as formigas e outros insetos andavam ansiosos, procurando algo que somente eles sabiam. Daísa assentou-se e, com exceção do zumbido monótono das abelhas ou do ruído das asas dos colibris, os quais disputavam o néctar das flores, tudo era silêncio em volta. A jovem, acomodada naquele sítio, olhou as copas das árvores e, entre elas, avistou as nuvens cinéreas caminhando apressadas a formar em sucessão ininterrupta estátuas colossais delineadas por estranho cinzelador. Voltando a olhar para os troncos das árvores enflorescidas, observou as formigas, trabalhadoras incansáveis e persistentes que corriam de um lado para o outro, como se examinassem aquilo que melhor lhes convinha. Escolhido o objeto de sua predileção, punham-no às costas e, se não podiam fazê-lo, arrastavam-no. Assim, quando a força não era suficiente, corriam a chamar outras para que as ajudassem. E, juntas, conduziam o fardo, às vezes maior do que o das operárias!

Após alguns minutos de observação, voltou a pensar no seu caso. Um imprevisto, ou quem sabe a mão do supremo Condutor das vidas humanas teriam provocado aquela situação em que se encontrava. Era um fardo pesado para o seu coração jovem. Sentia que não teria condições para suportar aquela situação, mas não tinha a quem pudesse confiar o seu segredo.

As formigas ali bem próximas tinham as companheiras, mas ela não. Sentia-se tão só. Não tinha ninguém que pudesse partilhar da luta. O fardo do amor havia descido imenso, inexorável sobre a sua vida antes tão pacata. Angustiada, chorou durante muito tempo. Era preciso. As lágrimas seriam um desabafo natural, necessário à sua alma sofredora. Cessado o choro e os suspiros dolorosos, adormeceu. E sonhou que, vestida com o toalete simples como um vestido de domingo, chegava ao pretório, que era noutra cidade. Ia casar-se. Um pequeno grupo a aguardava à porta do fórum. Do grupo destacou-se um senhor já grisalho e simpático que a conhecia. Aproximou-se e, tomando-a pelo braço, a conduziu à presença do juiz que realizaria o ato civil. Contudo, um fato a impressionava: ela não via o noivo, embora tivesse a certeza de que ele a esperava ali. Não conseguia recordar sua fisionomia. Sentia apenas que era feliz, muito feliz. Todavia, a grande surpresa se deu exatamente no momento em que o senhor que a conduzia ao pretório apresentou-lhe o futuro esposo, o noivo que a aguardava.

Viu-se de frente com Alberto Mont'Alvão. Sim, o padre Mont'Alvão não estava de batina, nem viu tonsura na sua cabeça. E o traje civil caía-lhe maravilhosamente, mostrando o mancebo bonito e forte que se escondia debaixo da sotaina preta, enervante e proibitiva. Ao seu lado estava somente o noivo, o rapaz que ela amava, seu futuro esposo, o grande amor da sua vida! Embevecida, feliz e bem segura pelo noivo, aproximou-se da mesa onde se encontrava o magistrado assentado ao lado do escrivão. Após a leitura de praxe, o juiz dirigiu-lhe a pergunta clássica:

— A senhorita Daísa Portela recebe por... E o senhor Alberto Mont'Alvão recebe por...

Os dois "sins" vieram alternados e rápidos.

— Eu vos declaro casados.

Após os cumprimentos do juiz e do escrivão, Alberto, feliz, beijou-lhe a testa e, a seguir, apertando-lhe mais fortemente o braço, saíram os dois, indo receber os cumprimentos fora do tribunal.

Ao descer as escadas do pretório, foram recebidos num carro muito usado, cujo motorista era o mesmo senhor que a havia trazido. Em casa daquele senhor, foram recebidos por poucas pessoas, mas todas amigas e cativantes.

Na sala onde ficaram a sós por uns momentos, ele a tomou nos braços viçosos, beijou-lhe a face e os lábios, despertando-a do sonho e do sono!

"A felicidade era grande demais para que fosse verdadeira", pensou Daísa que, na verdade, fora despertada por um grosso pingo d'água da chuva que se havia formado enquanto dormia e sonhava. Caíra-lhe sobre o rosto, molhando inclusive o pescoço. Acordada, olhou em volta. Agora eram poucas as formigas que ainda trabalhavam por ali. Sentindo ainda nos lábios o sabor dos beijos de Alberto Mont'Alvão e já sob o riscar dos relâmpagos, ela desceu da mata chegando ao local onde Margarida, com medo da vaca, havia atirado o feixe de lenha. Apanhou-o e levou-o sobre os próprios ombros até a cozinha da fazenda na maior naturalidade, como se fosse a empregada, e não a moça rica, herdeira de fortuna tão grande! Maior do que os dotes físicos e os bens que possuía era a simplicidade que exornava-lhe a personalidade.

Acontece que a lenha não se destinava à fazenda, mas à residência dos pais de Margarida. Por isso, a serviçal deprimida pela ação que praticara, tomou o feixe de lenha e, levando-o para casa, inventou uma história que justificasse tudo.

Nos dias subseqüentes, Daísa continuou no seu mutismo. Certa noite, quando estava assentada junto ao pai, à mesa da cozinha, comeu pouco e nada falou. E o pai, ainda irritado com o procedimento da filha em relação ao Gervã, perguntou-lhe em voz baixa, mas autoritária:

— Por que fugiu da sala, deixando o rapaz envergonhado daquele jeito?

— Não fugi, pai; pensei que o senhor me havia chamado somente para cumprimentá-lo, juro! Depois dos cumprimentos, não encontrei motivos para continuar na sala. Não foi assim que o senhor nos ensinou desde pequenas? Creio que me ative aos princípios que aprendi. Mulher entra perante visitas quando estas forem homens e somente para cumprimentá-los, saindo logo em seguida. Foi o que fiz!

— Acho que você está se fazendo de desentendida, pois sabe muito bem o verdadeiro motivo que trouxe o Gervã aqui em casa.

— Não, senhor, não tenho idéia. Soube que tinha vindo comprar uma novilha. Havia outro motivo?

— Deixa de bobagens, minha filha. Sou homem experiente e já fui moço. Pensa que não vi o namoro ferrado de vocês lá na festa? Quando você chorou emocionada?!

— Chorei mesmo, mas não por namoro, meu pai. Nem pensei, aliás, nem penso em namoro com esse rapaz!

— Não posso entender, minha filha. Quantas moças da redondeza não gostariam de um namoro e depois um casamento com o Gervã? E você vem me dizer que nem pensa em namoro com ele?

— Pois essa é a verdade, meu pai. Não gosto dele! Pode ser um rapaz bom, mas não me interessa! Sou sua filha e por isso positiva como o senhor. Não quero nada com o Gervã! Se o amasse, não ocultaria, meu pai.

— Admito que me tenha enganado. Sabe, Daísa, um pai sempre pensa num bom casamento para suas filhas e sempre o melhor. Porém, se você não gosta do moço não há de ser nada, minha filha. Quando aparecer o seu príncipe, examinarei o caso.

Portela, dizendo essas palavras, tomou nas mãos grandes e calejadas uma madeixa de cabelos da filha e a beijou carinhosamente, como o fazia quando Daísa era ainda pequenina. E, levantando-se da mesa, saiu cantarolando uma valsa antiga.

Aquele sonho deixara no coração e na alma da moça uma marca profunda. A cena da chegada ao pretório, a posição tomada ao lado de Alberto Mont'Alvão, o seu traje civil e a ausência de tonsura lhe apareciam sempre na lembrança como um quadro deslumbrante e inesquecível. A felicidade dos beijos que ele lhe dera naquela sala, tudo enfim. A impressão para seu espírito de jovem, de moça até então despreocupada com assuntos relacionados com amor e casamento, foi sem precedentes. Sempre lhe vinha à lembrança aquele primeiro olhar entre os dois lá no corredor, junto à porta do quarto. Depois o toque de mãos na hora do café, os olhares furtivos, o acenar de mãos na hora da partida. E, como um coroamento, havia a lembrança de sua atitude durante a missa; o incidente junto à pia batismal. Todos esses fatos juntos produziam como resultado lógico, absoluto, o amor, a paixão dele por ela e o sofrimento dela por ele.

Desanimada, pensou em pedir ao pai para que a internasse num colégio de freiras ou mesmo num convento. Se não havia possibilidade de realizar seu sonho, então se tornaria religiosa. Desde menina ouvira falar de moças que, frustradas em seus amores, optavam pela vida religiosa como um refúgio. No entanto, apenas pensou, não chegando a expor o caso a seu pai.

Dizem que Napoleão, o grande corso, dissera aos seus generais que não havia no seu vocabulário a palavra impossível. Então, concluiu: "Se para Napoleão Bonaparte não havia impossível, para mim também não haveria". Então, chegou à conclusão de que deveria esperar, dando tempo ao tempo. Afinal, era uma moça de reputação da família Portela! Contudo, acabou resolvendo: não iria mais à cidade. Permaneceria em casa, no costumeiro labor da vida rural. Sofria muito, mas esperava.

CAPÍTULO VI

A Enfermidade do Vigário

Como foi dito, a notícia do noivado de Daísa com Gervã chegou ao conhecimento do padre, que no momento conseguiu disfarçar o impacto, simulando até uma certa alegria pela informação que lhe davam. Fingiu receber a comunicação como a notícia de uma futura cerimônia religiosa que teria de efetuar numa das fazendas existentes dentro da sua paróquia. Seria apenas mais uma paroquiana que se casaria. Intimamente, porém, sofreu um choque terrível, arrasador, quase incontrolável. Se tivessem observado melhor, teriam certamente constatado a expressão pálida do rosto sempre corado e saudável de Mont'Alvão. Despedindo-se apressado, seguiu em direção à residência paroquial, onde a velha serviçal já o esperava para o almoço. No entanto, passando direto para o seu quarto, despiu a sotaina, ficando somente com a calça de brim barato que usava por baixo da vestimenta clerical e, vestindo uma camiseta, deitou-se.

Estranhando a atitude do patrão, Sebastiana, a velha cozinheira, foi até a porta do quarto e indagou delicadamente se ele não iria almoçar. Calado, sério e enigmático, respondeu lacônico:

— Não quero almoçar, estou me sentindo mal.

Sem dar maior atenção à empregada, como era de sua catástase, virou-se para o outro lado da cama e pensou como iria alguém compreender o seu sofrimento. Depois tomou o livro devocional e, ajoelhado durante horas, rezou muito. Procurou coordenar os fatos e analisá-los. Entretanto, a febre alta já lhe provocava sede. Chamando a velha empregada, esta o atendeu pressurosa e sobressaltada. Da porta do quarto, Sebastiana, respeitosa, respondeu:

— Que deseja o senhor padre?

— Quero água. Bastante água. Não entendeu?

— Água de beber?

— Sim. E depressa! — retrucou o clérigo em voz alta.

Indo até a cozinha, a mulher trouxe um jarro de porcelana, com um copo na bandeja e disse:

— Tá aqui, padre.

— Entre! Estou morrendo de sede!

Aproximando-se cautelosa, a empregada encheu o copo, dando-o ao sacerdote, que o sorveu quase de uma vez; depois tomou mais dois. A serviçal, meio atarantada, tomou o pulso direito do moço, soltando uma exclamação:

— O senhor está queimando de febre, padre! O que é isso?! Valha-nos Deus! Que coisa horrível! Vou chamar o médico já!

— Não! — falou o padre, num grito rouco. — Não chame o médico, nem diga coisa alguma a ninguém sobre o meu estado de saúde. Se nosso senhor quer assim, que seja assim!

A empregada, surpresa, arregalou os olhos de espanto, com a resposta inopinada do vigário. Ela não conseguiu entender nada do que se passava com o sacerdote. Ele, um moço forte, sempre disposto e sadio, com exceção de alguns resfriados, nunca sofrera qualquer desarranjo na saúde. E agora, inesperadamente, aquela febre terrível! Era de pasmar. Contudo, aventurou-se a perguntar-lhe:

— Padre, não seria conveniente avisar o senhor bispo?

— Já lhe disse que não quero que comunique a ninguém e vá para a cozinha! Quando precisar, chamarei.

— Tá certo, o senhor manda. Eu queria apenas ajudar.

— Ninguém pode me ajudar! Sofro sozinho.

A mulher experiente observou que algo diferente acontecia com o padre Mont'Alvão. Mas não encontrava explicação para aquela doença inesperada.

Após a saída da velha servidora, o vigário adormeceu. Seu sono era inquieto e febril. Nele, as figuras mais fantásticas se sucediam, levando-o umas vezes até ao paraíso, outras ao inferno de cenas dantescas. Em todos esses lugares, Daísa aparecia-lhe níveas mãos, que ele conseguia tocar, beijando-as sofregamente e recebendo eflúvios benéficos para o seu corpo febril. Ela vinha como uma feiticeira dos contos infantis ou medievais, sempre vestida de branco, montada em uma vassoura imensa, entrava no quarto e, com os olhos lânguidos, acenava-lhe com as mãos. Ao voar livre sobre a vassoura enorme, rodopiava numa curva rápida e tomava novamente o rumo da porta do quarto, saindo pelo telhado da sala. Assim passaram-se mais de três horas.

Já tardezinha, a empregada, preocupada e rezando sempre, vinha até a porta do aposento, olhando-o de longe. Foi numa dessas visitas furtivas que conseguiu ouvir entre gemidos do sacerdote, a expressão:

— Morro por tua causa, mas sou sacerdote e estou sujeito a votos.

— Então é isso! — falou Sebastiana, baixinho.

E, na continuação do febricitante sonho, o padre prosseguia numa visão feérica. Uma vez, ao lado de Daísa; outra, via-se paramentando e subindo o altar para rezar a missa.

A empregada, que ouvira claramente as palavras do vigário, voltou para a cozinha, pensando sobre a paixão do padre.

"Morro por tua causa". Essas palavras foram ditas quando sob os cobertores tremia de frio como se tivesse acometido de maleita, no momento exato da reprodução das rosáceas que infesta o sangue do maleitoso.

Assentada com uma xícara de café dessas bem grandes, Sebastiana continuava a interrogação:

— Quem seria essa pela qual o padre Mont'Alvão ardia de febre e de amor?

Lavando as louças vagarosamente, teve uma lembrança: "É, é isso mesmo, só pode ser obra de Cenyra, a filha do seu Riskala Mellik! Por que não me lembrei antes? Só pode ser ela, a filha mais velha do sírio, lojista antigo da cidade. A bruaca conseguiu conquistar o pobrezinho do padre! E o que vamos fazer, agora? Vai ser um escândalo medonho, pois o vigário está perdidamente apaixonado pela turca. Vai ser um horror, principalmente para a igreja. É, mas de minha boca ninguém nunca há de saber nada. Cruz credo! Vou observar aquela lambisgóia que andou jogando indiretas para o nosso padre. Só pode ser ela, a Cenyra, aquela cínica".

Preocupada, Sebastiana voltou ao quarto do patrão, que havia acordado do sono, com a febre mais alta ainda. Tímida, indagou se aceitava umas gotas de homeopatia contra febres.

— Não quero nada! — respondeu lacônico. E virou-se para a parede.

— E como o senhor bispo vai receber a notícia da sua enfermidade, padre?

Mont'Alvão ao ouvir as ponderações da mulher, gemeu triste e concordou em tomar a homeopatia e, mais tarde da noite, um pouco de café com leite.

A Cenyra, alvo das suspeitas da empregada, era a filha primogênita do seu Mellik, o sírio-libanês que havia começado a negociar com mala, mascateando nas roças e nas feiras dos bairros pobres. Agora, já era senhor de uma loja grande e de vários prédios. Com aquela habilidade peculiar à sua raça, conseguiu amealhar boa fortuna. Os filhos eram brasileiros, abertos e francos como todos os seus compatriotas. Entendiam a língua dos pais, mas falavam somente o português. Cenyra, a mais velha, morena clara e linda, era desenvolta, comunicativa e alegre, porém, já quase solteirona. Fora noiva umas duas vezes, todavia os noivados duravam pouco tempo. Terminavam na maioria por ciúmes dos namorados. Contudo, além do seu modo desenvolto e comunicativo, não dava motivo para que a acusassem, salvo as más línguas, é claro! Na sua condição de moça, gostava de falar e apreciar homens bonitos e simpáticos, solteiros ou não. Mas seus comentários sempre foram despidos de maldades. Quando junto com outras moças da sociedade local, ao ver um novato na cidade, dizia logo:

— Que lindo! Bonitão! Uma pena ser casado! Não esperou por mim!

Coisa de moças.

No seu caso, todavia, havia detalhes diferentes. Seu pai, o velho Riskala, bem como a mãe, eram católicos ortodoxos e convictos. Eles tiveram o cuidado de ensinar os seus filhos na religião que adotavam; por isso não freqüentavam a Igreja Romana nem permitiam que os filhos o fizessem. Partiam do princípio que, se a Igreja Romana era intransigente, eles também não cederiam. E o padre ortodoxo vinha sempre dar-lhes a assistência necessária. Essa atitude definida dos pais de Cenyra atraía contra eles as antipatias das beatas e dos praticantes intolerantes.

— Já não nos bastam os protestantes! — diziam com azedume. — Vêm ainda esses católicos divididos!

Para maior ojeriza dos carolas, Cenyra contava com prazer que os padres da sua igreja eram casados, tinham filhos e que, por isso, estavam mais certos do que os padres da Igreja Romana, inclusive o padre Mont'Alvão, que deveria estar casado, pois simpático como era, não lhe faltariam partidos! Para a empregada de Mont'Alvão, as palavras de Cenyra constituíam um verdadeiro sacrilégio. Imaginem, o nosso vigário, um santo, casar-se, ter mulher e filhos. Por todos esses fatos, chegou logo à conclusão: Cenyra era a culpada! Seduziu o pároco da cidade, levando-o àquela situação: apaixonado, doente e em perigo de perder a batina.

Pobre moça, a Cenyra, nunca lhe passara pela cabeça a intenção de namorar o padre Mont'Alvão. Achava-o simpático, atraente, mas sempre o respeitou. Quando o cumprimentava, era sempre de longe. Moça educada, nunca discutiu questões religiosas com o vigário.

A conclusão apressada a que chegara a velha Sebastiana não passava de conjecturas absurdas. Todavia, em casos como o de Mont'Alvão e Daísa, aparece sempre um culpado ou inocente. Na presente situação, Cenyra era a suspeita mais perigosa, pois estava obstaculizando a jornada santa do vigário. A homeopatia que havia tomado por insistência da serviçal não fizera nenhum efeito. A febre continuava alta.

Pela manhã, ainda escuro, Sebastiana entrou cuidadosamente no quarto, de onde levou as vasilhas utilizadas. Voltando, trouxe água para que ele pudesse proceder à precária toalete. Levantando-se sob o efeito de tonturas, andou alguns passos, tentando vestir-se para ir à igreja, no entanto, as forças lhe faltaram. Sentindo náuseas, voltou a se deitar. Passaram-se dois dias, e o coadjutor o substituía em todas as obrigações, mas com ordens para que não comunicasse ao senhor bispo a verdadeira situação em que se achava. As famílias e a cidade foram tomando conhecimento do estado de saúde do pároco pelas informações que obtinham através do coadjutor e que eram filtradas pela cozinheira. A notícia ganhou proporções de alarme. As pessoas mais íntimas, inclusive autoridades, faziam filas à porta da casa paroquial, aguardando oportunidade de licença para visitar o enfermo. No quarto dia, chegou outro padre enviado pelo vigário-geral do bispado, com instruções adequadas para prestar assistência ao doente. Constrangido pelas providências que foram tomadas, Mont'Alvão respondia sempre por monossílabos, não declinando a ninguém o seu verdadeiro estado. Todavia, por determinação superior, o emissário do bispado levou o médico paroquial, a fim de que procedesse o exame no paciente.

O círculo de amizade do vigário recebeu com surpresa o diagnóstico: grande depressão, febre e anorexia oriundas de causas ainda não determinadas. A empregada e as beatas ficaram em polvorosa. Todas falavam ao mesmo tempo. Mas a única conhecedora da verdadeira causa da doença do padre era Sebastiana, cuja fidelidade à religião a impedia de revelar. Situação esquisita aquela, ninguém conseguia atinar os verdadeiros motivos da enfermidade do sacerdote. O médico que o atendeu, após proceder a um rigoroso exame, receitou vários remédios, recomendando aplicação ou cumprimento rigoroso. Procurou também animar o enfermo, que a tudo assistia com atitudes apáticas, na voz e nos gestos. Era um indiferentismo desconcertante.

Mas o médico, homem experiente na profissão e na vida, havia tirado suas conclusões: a doença do padre tinha origem sentimental; era uma angústia que o fazia sofrer, contribuindo para debilitar-lhe as forças físicas e espirituais. Contudo, mesmo para o médico, a causa primeira ou originária continuava desconhecida.

Na cidade, todos lamentavam a enfermidade de Mont'Alvão, até os protestantes comentavam penalizados. Nos três primeiros dias, após a visita do médico, experimentou alguma melhora. Alimentava-se precariamente, mais por imposição e exigência do médico. Durante aqueles dias, emagreceu muito e até perdeu aquele timbre de voz atenorado de orador espontâneo. Por ser conhecedora da causa, a velha Sebastiana era a que mais sofria, pois não conhecia nenhum remédio eficaz para aquela doença. E, nas suas conclusões apressadas, vociferava baixinho:

— Aquela malvada da Cenyra seduziu o pobrezinho. E agora nem vem aqui. Talvez se ele a visse, sentir-se-ia melhor. Mas se ela viesse visitá-lo, que iriam dizer? Misericórdia! Não é bom nem pensar na repercussão!

Dez dias após a visita do médico, Mont'Alvão piorou muito, atingido por uma recaída. Febril e sem se alimentar suficientemente, as defesas orgânicas iam sendo vencidas, proporcionando campo para que outras enfermidades lhe invadissem o organismo. Já não conseguia se levantar sozinho. Além disso, conservava aquele mutismo impressionante. O olhar era distante e indiferente. O médico, que o visitava quase todos os dias, determinou providências mais adequadas ao caso.

No fim do primeiro mês de enfermidade, manifestaram-se sintomas de pneumonia, com todas as conseqüências dela decorrentes.

CAPÍTULO VII

Na Fazenda dos Portelas

A notícia do estado de saúde do padre Mont'Alvão alcançou todo o município e as comarcas vizinhas. A maioria comentava a doença misteriosa que acometera o vigário, tido por todos como homem de muita saúde. Porém, na fazenda do seu Jerônimo Portela, a notícia atingiu proporções alarmantes.

O casal de fazendeiros recebeu com certo alarme os comentários, pois era grande a estima que dedicava ao padre. Na exteriorização da contrariedade, levaram aquela informação ao conhecimento de Daísa, com detalhes ainda mais tristes do que a realidade dos fatos. Contaram à filha que haviam recebido informações sérias de que o vigário estava à morte e que, se Deus não interviesse, o desenlace poderia se dar em questão de dias. Na presença dos pais, a moça procedeu de modo discreto, procurando ocultar o desespero que lhe invadiu a alma e o coração. Todavia, não lhe foi possível evitar que duas lágrimas longas e sentidas descessem dos olhos tristes, rolando-lhe pelas faces acetinadas. Os pais, comovidos, consolaram-na, dizendo que compreendiam seu sentimento de paroquiana amorosa pelo seu orientador espiritual. Momentos depois de haver recebido a notícia, Daísa recolheu-se ao quarto e chorou muito.

Já era noite quando foi despertada pelo mugido dos bezerros que no curral choravam a separação das mães. E, junto ao espelho, enquanto procurava alisar os cabelos e disfarçar o intumescimento dos olhos, ouviu umas batidas discretas na porta do quarto. Como as pancadas continuassem, perguntou quem era:

— Sou eu — respondeu Margarida, a empregada, que a chamava em nome do pai para que fosse jantar, pois era muito tarde e ela não aparecera na cozinha nem explicara o motivo da ausência.

— Espere um pouco! — respondeu, rispidamente. — Pode ir, que irei daqui a poucos minutos.

— Eu espero — falou a outra, em voz baixa.

— Não precisa! — retrucou Daísa com energia.

A seguir, ouviu os passos de Margarida, que se distanciava.

— Moça imprudente, essa Margarida — resmungou, enquanto passava no rosto a esponja com pó-de-arroz.

Meia hora depois, Daísa chegou na cozinha cantarolando qualquer coisa em voz baixa, tentando com isso disfarçar ao máximo o seu verdadeiro estado de espírito. Ao vê-la chegar, Margarida procurou aproximar-se, tentando um diálogo, mas a patroa baixou os olhos séria e sem responder palavra. A seguir, apanhou um prato e foi até o fogão, onde o sortiu com várias iguarias. Quando estava assentada à mesa grande, o pai aproximou-se, colocando-se também ao seu lado. Depois, foi dizendo quase ao ouvido da moça:

— Que desgraça, minha filha, essa doença do nosso vigário. Sei que você também sentiu muito, e tem razão. Eu e sua mãe choramos juntos. E amanhã cedo pretendo fazer uma visita ao nosso padre Mont'Alvão. Hei de vê-lo nem que tenha de usar de violência ou falta de educação. Quero saber a verdade sobre o estado de saúde do nosso sacerdote. Não quer ir comigo, minha filha?

— Não, pai. Vá o senhor e traga as notícias para nós.

— Está certo, Daísa. Perguntei porque poderia ser que você desejasse me acompanhar. Mas irei amanhã cedo. Se Deus quiser.

Margarida, encostada pelo lado de fora da janela, ouvia tudo com a maior curiosidade. Porém, não conseguia tirar conclusões. Daísa soube representar bem o papel. Após alguns momentos de palestra com o pai, Daísa simulando calma e até alegria, voltou para o quarto, assentando-se à beira do leito onde durante muito tempo analisou a situação. Pensativa, voltou a se lembrar da notícia e chorou novamente, não conseguindo conciliar o sono durante aquela noite. Aliás, passou a noite quase toda assentada à beira da cama ou junto à penteadeira.

— Doente! E se falecer? Não, não é possível! Caso isso aconteça, eu também morrerei. Certamente! Por quê, meu Deus? Logo ele é que eu deveria amar. Tantos rapazes por aí à minha procura. O Gervã, por exemplo. E meu coração não vê outro!

Quando os galos da fazenda amiudavam o seu canto sonoro e tristonho, Daísa, vencida pelo cansaço, deitou-se e adormeceu.

Como havia prometido, de manhã bem cedo Portela partiu para a cidade.

Naquele dia, embora fingisse naturalidade, Daísa não comeu nem bebeu. À tarde, estava sentindo umas cólicas e iria dormir ou se deitar, mas procurou a mãe para dizer-lhe que não se preocupasse com ela.

— Tá bem, minha filha. Mas se sentir-se mal, mande a Margarida me chamar.

— Sim, senhora.

Mas a verdade era outra. O que a moça sentia era uma depressão, um mal-estar como nunca havia sentido antes. O coração doía-lhe mais do que o corpo. A preocupação pelo estado de saúde de Mont'Alvão lhe torturava a alma. A idéia de vê-lo morto e estirado num caixão a conduzia quase ao desespero.

— Não, isso não! — falou sozinha e quase alto. — Eu morreria também e no mesmo dia.

E todos saberiam do seu grande amor por ele. Ou então guardaria sua memória. Sim, seria uma viúva. Uma virgem viúva, pois não encontraria mais uma motivação para a vida.

Com esses pensamentos, deitou-se novamente, sentindo um mal-estar geral, dor de cabeça, febre ou coisa parecida. Felizmente, às seis da tarde, Portela chegou com uma notícia mais animadora: o padre se achava doente, com pneumonia, mas seu estado não inspirava cuidados, pelo menos, no momento. Não havia perigo de morte, salvo por um imprevisto à falta de observância das recomendações do médico. Quanto ao restabelecimento, viria com o tempo. Demorado, mas alcançaria sua recuperação.

— Está muito abatido, magro e barbudo, porém já passou a parte pior da crise, assim me disse o médico — continuou Portela. — No entanto, necessita muito de repouso. Não pode fazer nada, nem ler. E tem que se alimentar bem, tomando leite quente e tudo que for necessário.

Então, chegando ao ponto principal que desejava dizer à esposa, Portela fez uma pausa e declarou solene:

— Eu o convidei e até exigi que viesse para nossa casa, a fim de que pudesse repousar e se alimentar de acordo com as prescrições médicas. Ficará o tempo que for necessário. O médico achou excelente o meu convite, pois considera este lugar ideal para a recuperação do vigário. E já dei ordens para que o tragam amanhã. Agora vou dar a notícia à Daísa. Ela precisa saber o que se está passando. E vai ajudar a cuidar do padre. Quero que cuidem bem mesmo!

Um tanto alvoroçado, Portela, acompanhado da esposa, seguiu para o aposento da filha, que àquela hora ainda madornava febril.

Ao bater à porta, foi dizendo:

— Trago boas notícias, o vigário não vai morrer, pelo menos desta vez. E virá para a nossa casa a meu convite. Ele está magro, feio e muito barbudo, mas vem para se recuperar, pois esteve muito mal.

As palavras do fazendeiro soaram aos ouvidos da filha como uma mensagem de otimismo que a fez pular da cama e, mesmo de camisola, abraçou o pai, o qual em poucas palavras terminou de narrar tudo que havia sucedido com Mont'Alvão.

A moça, após ouvir o genitor, quase soltou um grito de alegria, mas lembrou-se de que a exteriorização do sentimento poderia despertar suspeitas. Fingiu, por isso, que o seu contentamento se relacionava mais com a presença do pai ali no quarto do que pelas boas novas sobre o estado de saúde do sacerdote. Esquecendo-se da enfermidade, pulou da cadeira, trocou de roupa e saiu de mãos dadas com o pai que, enquanto caminhava, ia acariciando seus cabelos sedosos e bastos.

— Ele não é mais o padre da cidade? — indagou a moça, ingenuamente.

— Ora, que bobagem, minha filha! Claro que é o vigário da paróquia! O outro padre o substituirá durante a enfermidade. São ordens do senhor bispo.

Ao ouvir as palavras do genitor, Daísa olhou para o chão, pensativamente.

— Amanhã estará chegando aqui, segundo as recomendações do médico — voltou Jerônimo a confirmar o que havia dito.

A mãe de Daísa, no contentamento, chamou Margarida para que a ajudasse na limpeza e preparo do quarto de hóspede.

O quarto será aquele junto ao corredor! — falou a fazendeira, apressadamente. — E anda logo, Margarida!

— Sim, senhora. Já vou! Eu... e quem é mesmo? Quem vem pra cá?

— O padre Mont'Alvão. Aliás, não é da sua conta. Vá tratar de lavar o quarto!

— Já vou. Mas também já sabemos que ele estava muito doente.

— Vocês também sabiam?

— Sim, senhora! E agora vamos ficar muito alegres pela vinda do padre.

— Mas você não é crente, Margarida? Como está alegre pela volta do vigário à fazenda?

— Eu não sou nada, não senhora. Mas meu pai é crente desviado. Ele é muito brabo. Creio que daria certo para ser católico, assim como o meu patrão, o seu Jerônimo, que é uma onça de brabo, mas é católico praticante.

— Deixe de liberdade, sua abelhuda! — interveio Portela, já com raiva.

Ao ouvir as palavras do patrão, Margarida saiu correndo. Daísa fingiu indiferença com relação à vinda de Mont'Alvão para a fazenda. No entanto, a notícia da sua volta fez-lhe tanto bem que sentiu-se curada imediatamente. Um milagre!

A mãe, até há poucos momentos preocupada com seu estado de saúde, voltou a perguntar-lhe como se sentia. E ela, com ar cauteloso, respondeu à genitora que havia melhorado com o repouso durante a tarde. Mas o que de fato contribuiu para aquela melhora foi a notícia da vinda do sacerdote para a fazenda.

No outro dia, à tarde, quase ao pôr-do-sol, chegou um automóvel velho e bem conservado, trazendo o padre acompanhado de um enfermeiro e de outra pessoa amiga. Já no curral, quando o carro parou, todos se aproximaram e com o maior cuidado retiraram o doente de dentro do veículo. Os camaradas, por ordem de Portela, levaram-no carregado nos braços escada acima até ao aposento preparado. Com os brônquios ainda cheios, Mont'Alvão tossia com dificuldade, gemendo baixinho. Estava magro, de barba crescida e ar tristonho. Já no leito, acomodado, todos o saudaram. Olhando ao redor e depois para o teto do quarto, respondeu com voz imperceptível às saudações que lhe foram dirigidas.

Daquele moço robusto e atlético restava muito pouco. As fisionomias dos presentes denunciavam o constrangimento de que se achavam possuídos. Somente Daísa parecia não haver se surpreendido com o estado do sacerdote. Depois que os camaradas se retiraram, permaneceram o casal de fazendeiros, o enfermeiro e a outra pessoa amiga. Naquele instante, Daísa se aproximou do enfermo o olhou-o com ternura, parando seus olhos nos olhos dele e de modo tão significativo que o fez estremecer, provocando-lhe um pequeno acesso de tosse com a respiração entrecortada. A doçura do olhar de Daísa naquela hora, não somente teve o efeito do bálsamo para sua alma como o do mel que, sorvido em maior quantidade de uma vez, leva ao engasgo. Ela percebeu tudo e voltou o olhar para a cumeeira do aposento, mas ele acompanhou-lhe o gesto, constatando que os olhos da moça estavam inundados e as lágrimas já transbordavam das pálpebras. No rosto de Mont'Alvão podia distinguir-se um ligeiro sorriso de felicidade.

Depois de transmitir as instruções do médico, o enfermeiro e o acompanhante despediram-se dos fazendeiros e voltaram à cidade.

Durante as três primeiras noites, os fazendeiros, a filha e mais dois camaradas de confiança se revezavam na vigília junto ao enfermo. Embora seu estado não inspirasse cuidados, mantinham constante vigilância e atendimento ao menor desejo do padre. Daísa fazia sua vigília coincidente com a do pai, que como sempre nada percebia. No quinto dia após sua chegada à fazenda, o médico veio visitá-lo, procedendo a exames. Ao final, disse aos fazendeiros que o estado geral do padre continuava melhorando, inclusive o estado de angústia havia cedido lugar a uma relativa tranqüilidade; portanto, que continuassem ministrando os medicamentos de acordo com as instruções. Passada a primeira semana, já não se fizeram necessárias as vigílias, pois o enfermo dormia relativamente bem. Alimentava-se, porém, muito pouco, o que contribuía para que sua recuperação fosse lenta.

Essa situação se prolongou por mais de um mês, durante o qual o médico voltou a visitá-lo por duas vezes, verificando sempre a lentidão da recuperação, embora a enfermidade já tivesse regredido totalmente.

No início do segundo mês, Mont'Alvão se levantava com alguma dificuldade devido à fraqueza e caminhava devagar pelo corredor do casarão, chegando às vezes até ao topo da escada onde recebia alguns raios de sol. Seu apetite, todavia, continuava precário e por isso perdera muitos quilos.

Em meados do segundo mês, saía todas as manhãs, conservando-se em pé no último degrau da escada, de onde assistia ao trabalho dos retireiros na sua faina do dia-a-dia. Mas, fechado em si mesmo, não falava com ninguém. Respondia apenas às perguntas que lhe eram dirigidas através de monólogos baixos. Todos mantinham um cuidado rigoroso, inclusive respeitando o silêncio que se impusera. Até Portela, conservador e por vezes indiscreto, conteve sua loquacidade de sertanejo curioso.

Dona Genoveva, zelosa, trocava a roupa de cama todos os dias. Portela com a filha traziam o café todas as manhãs. Margarida estava incumbida da limpeza do aposento e de trazer as outras refeições. A empregada, muito curiosa e perspicaz, fazia-lhe muitas perguntas. Porém, de dez ou vinte perguntas, Mont'Alvão respondia uma ou duas, quando muito, e por uma palavra ou uma sílaba.

No fim do segundo mês, pediram-lhe que se barbeasse, alguns até com insistência. O fazendeiro dizia que com a barba feita ele ficaria mais bonito. Mas ninguém conseguiu demovê-lo.

— Fazer a barba, por quê? — respondia entre os dentes e em voz baixa. — Quando sarar, farei a barba — concluía com indiferença.

Numa tarde, quase ao pôr-do-sol, quando os curiós e sabiás na capoeira próxima enchiam o ar com a doce melodia dos seus cânticos, Portela, acompanhado de Daísa, entrou no quarto do sacerdote, que descansava de uma caminhada pelo corredor, varanda e salas contíguas. Traziam a refeição feita com esmero pela fazendeira, depositaram-na sobre a mesinha do lado da cabeceira e insistiram para que ele comesse tudo. Puxando o pequeno tamborete de jacarandá, Portela assentou-se bem próximo da cama e, colocando as iguarias no prato, falava com voz amorosa como a de um pai para o filho pequeno:

— Come tudo, pra sarar depressa!

Naquele instante, alguém chegou à porta do quarto e, batendo devagar, falou ao fazendeiro:

— O seu Oscar, comprador de gado de corte, acaba de chegar e está esperando o senhor lá no curral. Ele diz que tem pressa!

— Diga-lhe que vou já, que espere um pouco.

— Mas veio outro homem com ele, seu Jerônimo.

Portela levantou-se apressado, dizendo à filha:

— Fica aí e tome conta do rapaz, ele tem que comer tudo. Eu volto já!

Quando o ruído dos passos apressados do fazendeiro se perderam pela distância, os dois se encontraram sozinhos no aposento, cuja porta permanecia semifechada. Pelo ruído do assoalho se poderiam perceber os passos de qualquer pessoa que se aproximasse do aposento, mesmo vindo pelo corredor e do lado da varanda ou da cozinha.

Mont'Alvão terminou a refeição. Não comera tudo, como queria seu Jerônimo, porém mais do que das outras vezes.

Depositando delicadamente o garfo dentro do prato vazio, levantou os olhos tristes e os fixou em Daísa, que sentiu um estremecimento. Em ato contínuo e sem rebuço, perguntou-lhe com ênfase:

— Como vai o noivado, o casamento já está marcado?

— Qual noivado ou casamento?

— Ora, não precisa ocultar, pois eu terei de fazê-lo, salvo se preferir outra paróquia ou se morrer.

Encarando-o com a firmeza de um caráter leal, respondeu-lhe:

— Não tenho noivo nem sou comprometida. Se alguém lhe disse isso, mentiu ou precipitou-se em palavras sem fundamentos. Houve pretendentes, mas os rejeitei. Essa é a verdade!

— Mas o seu parente, filho daquele fazendeiro, não veio pedir a sua mão?

— Sim, veio, mas não o aceitei. E meu pai, compreensivo, não insistiu no assunto.

— Então, não está noiva nem comprometida? E eu que havia pensado que iria fazer um casamentão com missa e tudo.

— Pois fique sabendo que o meu não fará agora nem nunca!

O sacerdote, visivelmente surpreendido e experimentando o alívio imenso que lhe invadia a alma e o coração, insistiu ainda:

— E por que não quis? Não era um bom partido?

— Sim. Era um bom partido. Mas não o aceitei nem aceito.

Ao articular essas palavras, a moça baixou o rosto venusto e corado, mais pelas verdades que deixara desabafar do coração ingênuo e sincero do que pelas perguntas do padre.

— E por que não aceitou? — Mont'Alvão voltou a insistir. Enquanto aguardava ansioso aquela resposta, voltou a olhar meigamente nos olhos de Daísa.

Com as duas mãos coladas ao rosto e presa ao olhar penetrante do seu interlocutor, a moça respondeu já debulhada em lágrimas que lhe corriam abundantes pela face:

— Por que eu? Não posso. Meu coração não aceita outro compromisso com mais ninguém neste mundo. Eu o amo, Alberto! E você sabe disso. Logo você é que fui amar, um sacerdote com votos! Mas meu coração é desobediente à razão, insiste no impossível e no inverossímil.

Mont'Alvão, com voz ofegante e mãos trêmulas, quase num êxtase de felicidade incontida, disse:

— Eu também a amo! É a primeira mulher que amo em minha vida. Desde quando estive aqui, naquela desobriga, que o meu coração ficou preso a você, Daísa, minha querida, eu a amo acima de todas as minhas forças e por essa razão estou doente — talvez morra! Mas agora morrerei feliz por saber que você também me ama. Por sua causa estou doente, quase morri quando soube que ficara noiva e que justamente eu teria de fazer o seu casamento. Que ironia! Pedi a Nosso Senhor que tivesse compaixão de mim e que por sua misericórdia me poupasse desse sacrifício, pois não sei se teria forças para resistir. Amo-a desde aquela tarde, quando nossos olhos se encontraram pela primeira vez no corredor. Mas agora morrerei tranqüilo por saber que também me ama.

— Nosso Senhor não há de permitir que você morra, Alberto. Se isso acontecer, morrerei também, esteja certo! Creio, todavia, que Deus proverá um meio lícito para a nossa situação. Sei que você é um homem decente e procurará uma solução adequada.

Ao proferir essas palavras, Daísa chorava em soluços profundos. Contemplando o rosto lindo daquela jovem tão simples, Alberto comprimiu com as mãos a sua cabeça. E, levantando as faces rubras, beijou-a demoradamente. Depois, já dominado pelo amor e paixão que o atormentava, beijou-lhe os lábios convidativos. Envolvidos pela atração mútua, se esqueceram dos preconceitos e restrições a que estavam sujeitos. Ele como sacerdote, ela como membro da família dos Portelas. O enlevo recíproco os impediu de medir o tempo, durante o qual as duas almas se uniram e comprometeram-se de fato. Daquela hora em diante, deveriam viver somente na certeza da união de seus corações, guardando-se, todavia, dentro do máximo respeito, evitando intimidades ou liberdades que somente o matrimônio pode outorgar. Era uma moça de bem, e ele um rapaz de responsabilidade e caráter sem jaça.

Foi um momento em que as juras foram ungidas com o sinete da sinceridade, que as dificuldades e o tempo não conseguem apagar ou destruir. No mundo pantanoso e feral, não existem palavras em nenhum idioma capazes de traduzir os sentimentos de um amor tão sublime, acima do qual pairam apenas o amor de Deus e o de mãe. Esse amor que desafia as intempéries da vida não é o amor frívolo fundamentado apenas em devaneios momentâneos, mas é o amor divino que entrelaça as almas bem formadas. Os animais se acasalam, mas o homem se casa.

Mont'Alvão, na sua felicidade, repetia:

— Eu te amo, Daísa. Estamos nas mãos do Nosso Senhor!

Ela permanecera assentada no tamborete, ao lado da cama. Não se levantara, nem se havia reclinado sobre o enfermo, pois o sentimento baixo e erótico não teve lugar. O erótico une os corpos, mas o verdadeiro amor, que não é simplesmente o desejo de posse, une os corações e as almas. É aquela união de dois seres que se completam. Enquanto procurava dar melhor aspecto ao rosto e aos olhos, enxugava os olhos ainda marejados e consertava os cabelos.

A palestra entre ambos versava sobre temas gerais. E, enquanto palestravam, ouviam as pisadas fortes do fazendeiro que voltava do curral. Ele vinha acompanhado da esposa. Quando entraram no quarto, o padre fingia um sono recuperador. Daísa, por sua vez, lia qualquer coisa numa revista velha, guardada na gaveta do criado. Certos de que o sacerdote dormia, os fazendeiros falaram à filha:

— Ele comeu bem, por isso está dormindo.

— Vamos, minha filha, você deve estar cansada, pois prometi voltar logo e me demorei muito. Deixe-o dormir sossegado e amanhã acordará melhor —falou dona Genoveva, toda esperançosa.

— Esperemos! — respondeu Daísa, aparentando um sentimento de tristeza. Naquele instante, os três saíram do quarto a passos leves.

Naquela noite, Daísa dormiu feliz. E, no dia seguinte, junto com a mãe, foi levar o café. Porém ao chegar no aposento, já encontraram o vigário de pé e bem disposto. Parecia outro Alberto Mont'Alvão. Até a voz voltava ao timbre natural.

A fazendeira, Dona Genoveva, não podia conter a alegria, mas a filha foi quem mais se admirou da recuperação do sacerdote. Contudo, não exteriorizou seu contentamento. Foi discreta. Deixando a filha no corredor junto ao quarto, a fazendeira saiu até a porta que dava para o curral e gritou ao marido:

— Jerônimo, venha ver uma coisa! Nosso pároco está quase sarado! Uma maravilha!

Endireitando o chapéu desabado sobre a cabeça, seu Jerônimo veio apressado. A mulher o esperava eufórica e foi logo dizendo:

— O padre já se levantou cedo e com aparência muito melhor. Um milagre!

Ao entrar no quarto, Portela verificou que Mont'Alvão apresentava melhora acentuada, embora magro e pálido.

— Graças a Deus! Agora só falta raspar a barba para ficar mais bonito — falou o fazendeiro, exteriorizando a alegria que o dominava. — Mas o doutor disse que ele terá de comer de tudo.

— Está certo. Nós preparamos um almoço melhor hoje.

A moça, calada, ouvia as expressões simplórias do genitor, não demonstrando muito interesse na recuperação de Alberto. Soube dissimular. Coisa de mulher.

O almoço foi suculento, mas Mont'Alvão comeu pouco, preferindo mais os líquidos e saladas. À tarde, após o descanso, saiu a passeio pela casa da fazenda, indo até a beira do mato onde Daísa entrara e tivera o sonho significativo. Do curral, os camaradas viram-no subir até junto à capoeira fechada, em cuja entrada assentou-se por algum tempo.

Três dias depois desses fatos, já estava barbeado e o sangue voltava à face outrora corada e simpática. Da pneumonia, restavam apenas algumas tosses esporádicas.

Daísa continuava arredia e calada. Com excessão de alguns olhares rápidos e apaixonados, poucas vezes o sacerdote lhe dirigia a palavra. Seu Jerônimo dizia sempre:

— Não repare, padre, essa menina é assim mesmo — caipira de tudo.

Mont'Alvão o ouvia, baixando a cabeça, num sorriso discreto. De fato os dois não conversaram mais, porém o compromisso permanecia válido, firme. A troca de olhares furtivos e apaixonados era a reafirmação, a linguagem séria daqueles namorados.

Uma semana depois, o médico voltou à fazenda para examinar o enfermo. No entanto, ao abrir a porteira, o facultativo ficou surpreso ao avistar o doente ajudando a tirar leite das vacas. Ao vê-lo de longe, foi logo dizendo com alegria:

— Então padre, já sarou? O leite quente lhe fez muito bem!

Deixando o balde com o leite, o sacerdote foi cumprimentar o facultativo, que o convidou a subir para o quarto, a fim de que pudesse examiná-lo. E, enquanto subia a escada, Alberto indagava do médico as novidades lá da cidade, inclusive do seu coadjutor.

— Tudo vai bem — respondeu o doutor. — E, se desejar voltar às suas atividades, creio que poderá fazê-lo, desde que proceda com prudência, para que não haja outra recaída. Isso poderia ser-lhe fatal. Desta vez, o seu organismo reagiu muito bem, porém houve momentos em que tive receio de que a enfermidade tomasse outros rumos mais perigosos.

Após os exames e conclusões do médico, Alberto Mont'Alvão voltou a falar:

— No fim desta semana, pretendo voltar à cidade.

— Folgo muito em encontrá-lo assim, recuperado e bem-disposto.

— Abaixo de Deus, devo isso ao senhor, doutor, pois os seus cuidados comigo levaram-me a uma recuperação rápida.

— Não nego que tenha tido cuidado com o senhor, reverendo, mas estou certo de que outros fatores de ordem psicológica ou sentimental influíram decisivamente no seu caso — afirmou o facultativo, um tanto enigmático.

— Peço-lhe, por obséquio, que avise a minha empregada que pretendo regressar até o fim da próxima semana. No entanto, exijo que ela mantenha segredo, pois estou certo de que parte dos paroquianos poderia querer me visitar, o que não seria conveniente nas atuais circunstâncias.

— Como médico, eu proibirei as visitas. O senhor deverá poupar-se a esforços maiores.

Após o almoço, o médico foi-se embora. Durante a viagem, meditava nas atitudes do ex-enfermo. Notara o indiferentismo pelas suas obrigações de sacerdote. Nem ao colega substituto lembrou-se de mandar avisar do regresso da fazenda. Estava certo, portanto, de que havia algo na vida de Mont'Alvão. Que seria?

Na tarde do sábado da outra semana, Portela mandou selar a melhor montaria da fazenda, pois o padre preferiu regressar à cidade naquela condução, como ele mesmo o afirmava:

— Para mim, o cavalo ainda é uma das melhores conduções!

Quando Mont'Alvão voltou ao quarto e apanhou a sotaina para vestir, encontrou um bilhete de Daísa, indagando-lhe quando voltariam a se encontrar:

Quando nos veremos outra vez, querido? Já sinto saudades!

Com letra legível e bonita, Alberto respondeu ao bilhete, colocando-o dentro de um dos chinelos que ela havia esquecido junto ao criado. No bilhete ele dizia:

Alea jacta est: Vá a cidade, preciso vê-la!

Ao sair com a maleta de objetos de uso, permaneceu uns minutos em pé junto à porta do quarto, de onde pôde avistar Daísa, que vinha pelo corredor enxugando os olhos com a manga do vestido. Ao pretender entrar no aposento, estendeu-lhe a mão, que foi apertada fortemente por ele.

Naquele momento algumas pessoas passaram pelo corredor, mas de nada desconfiaram, pois a dissimulação era perfeita.

Já dentro do quarto, ela apanhou o bilhete que ele deixara. Leu-o e releu:

— A sorte está lançada — murmurou baixinho.

Quando voltou ao corredor, ele já tinha descido a escada acompanhado do fazendeiro, que fez questão de carregar-lhe a bagagem até o curral onde Dona Genoveva e os camaradas os aguardavam para apresentar as despedidas ao hóspede.

CAPÍTULO VIII

O Encontro na Igreja

Apesar de haver chegado na casa paroquial à noite, Mont'Alvão foi recebido por uma pequena multidão constituída por admiradores, autoridades e beatas. Houve até discurso de improviso. A empregada, uma velha sentimental, veio beijar-lhe as mãos, que ficaram molhadas de lágrimas.

Em poucas palavras e num português bem alinhado e algumas citações em latim, o sacerdote agradeceu a recepção, os discursos e as lágrimas da velha Sebastiana.

O padre coadjutor que o substituíra durante o tempo da enfermidade comentou com o médico os modos estranhos e indiferentes de Mont'Alvão. Em atenção ao estado ainda convalescente do pároco, todos se retiraram, deixando-o a sós com o outro padre. A pequena multidão comparecera porque a velha Sebastiana, ao receber a recomendação do vigário para que não dissesse a ninguém, chamou a vizinha e falou com uma alegria incontida:

— Olha, ele manda dizer para eu não contar a ninguém, eu não vou falar mesmo. Conto só para você que é a minha amiga, e entre nós não há segredos.

Mas a vizinha também contou para outra vizinha, somente para ela. Dois dias depois, a cidade toda estava sabendo, até os pastores protestantes.

Alberto Mont'Alvão chamou o colega e disse-lhe:

— Eu necessito mesmo falar-lhe. Pretendo ir falar com o senhor bispo. É assunto urgente! Portanto, continue no seu posto.

— Posso saber que assunto tão grave é esse, que o obriga a falar com o senhor bispo com tanta urgência, apesar de convalescente?

— Não. Direi somente ao bispo. É assunto meu, particular!

Poucos dias depois, Mont'Alvão se dirigia à sede da diocese e, ao chegar no mesmo dia, solicitou audiência com o senhor bispo, pois naquela diocese era assim.

Ao se apresentar ao superior, em linguagem respeitosa, comunicou-lhe que havia estado muito doente, como era do conhecimento de Sua Reverendíssima. E, como um filho ao pai, expôs sem mais preâmbulos todo seu drama sentimental. Disse que amava uma jovem e pretendia desposá-la.

O bispo ouviu atônito e confuso. Surpreso não somente pela revelação, como também pela franqueza do padre, considerado um dos melhores elementos daquela diocese. Homem experiente, o bispo atinou logo com a magnitude do problema que o sacerdote expusera sem omitir detalhes do seu sentimento.

— Lembra-te, meu filho, de que és sacerdote ordenado e que recebeste todas as ordens menores e o presbiterato. E que fizeste votos de castidade e de celibato. Além disso, tu tens exercido com dignidade o teu ministério e a Igreja precisa de ti. Não te deves esquecer dos votos e das sanções previstas no *Código de Direito Canônico.* Os sacerdotes que infringem os dispositivos desse código sofrem as penalidades.

— Mas, senhor bispo, eu...

— Não quero ouvi-lo mais sobre o assunto — interrompeu o clérigo, delicada mas friamente. — Creio que poderemos contornar a situação — continuou o bispo, que era homem inflexível. — São coisas da vida — voltou a falar. — senhor bispo, eu lhe agradeço o conselho, mas pretendo me casar. Construir o meu lar. Eu deixarei a batina, mas não irei para outra religião. Vim aqui para comunicar a Vossa Reverendíssima a minha decisão. Amo aquela moça e desejo fazê-la minha esposa.

— Se o fizeres, de hoje em diante serás considerado um acinte, uma afronta ao seu bispo, pois já te aconselhei e disse que podemos contornar a situação.

— Mas contornar de que modo, senhor bispo?

— O senhor será transferido imediatamente da cidade onde está. Eu o enviarei a outra paróquia. Então esquecerá essa mulher que interveio na sua vida.

Ao ouvir a expressão grosseira e insinuadora do bispo, Mont'Alvão chorou. E, respeitosamente, respondeu ao superior:

— Ela não é uma mulher vulgar, meu bispo. É uma moça de bem, das melhores famílias da região.

Ao terminar, Mont'Alvão teve um acesso de tosse com expectoração, que assustou o bispo, que o encarou desolado. E, depois, disse:

— Eu rezarei por ti.

Alberto Mont'Alvão pretendeu argumentar, mas o bispo considerou terminada a audiência. E, ao sair da presença do superior, estava certo de que seria transferido e, caso se casasse, seria excomungado. O bispo não vacilaria em aplicar algum dispositivo do código. E, naquele momento, lembrou-se de que um jornalista já escrevera: "Em matéria de disciplina, a Igreja Católica é tão intransigente quanto o Partido Comunista".

No outro dia, completamente desiludido, voltou à paróquia. Ele não fora ao bispo para que este consentisse que se casasse e permanecesse no desempenho de suas funções sacerdotais. Desejava apenas que o bispo não o excomungasse.

Ao regressar a casa, muito contrariado, nem cumprimentou a empregada. Mais tarde, tomou uma refeição ligeira e foi se deitar, porém não conseguiu conciliar o sono.

No outro dia, o coadjutor recebeu um telegrama comunicando que o padre Mont'Alvão brevemente seria transferido para outra paróquia. Depois de ler o teor do telegrama, o padre mostrou-o a Alberto, que disse:

— Eu já o sabia.

— Quem sabe se te fará bem, Mont'Alvão. Não sei a causa do teu sofrimento, mas sei que sofres.

No dia seguinte, Alberto voltou às suas atividades paroquiais, aguardando a ordem de se transferir para outra cidade, que não tinha idéia onde seria.

Não era mais aquele padre pontual e eloqüente nas suas práticas. Fazia tudo, porém de modo maquinal, como quem trabalha com as mãos, conservando o coração e a alma distantes.

Um mês depois que chegou da fazenda dos Portelas, ao terminar a missa da manhã, como de costume, saiu para a residência. Ao chegar ao adro da igreja, avistou os fazendeiros que, acompanhados de Daísa, vinham pressurosos à sua procura. Queriam cumprimentá-lo e saber do seu estado de saúde. Portela, na proverbial desenvoltura, abraçou o vigário, que correspondeu amavelmente.

Daísa pediu licença ao padre, dizendo-lhe que ia rezar. Precisava agradecer ao santo de sua devoção pela graça recebida. Mont'Alvão, todavia, entendeu que Daísa tinha algo muito importante a dizer-lhe dentro do templo:

— Vá e reze bastante por mim, que eu irei logo ajudá-la.

E, voltando-se para Dona Genoveva, falou de modo que a jovem entendesse:

— Eu tenho sentido uma taquicardia, uma batedeira no coração que não consigo dormir direito. Acho que são conseqüências dos remédios que tomei na fazenda!

— Os remédios de hoje são assim mesmo. Se fazem bem para umas coisas, prejudicam outras — respondeu a fazendeira, sem nada perceber do código utilizado por Alberto.

— Espero encontrar alguém que me possa indicar um remédio eficaz para minha taquicardia.

Ao dizer essas palavras, Alberto olhou fixamente para o rosto de Daísa, que disfarçou, despedindo-se do padre, o qual permaneceu conversando com o casal de fazendeiros.

A moça, ajoelhando-se junto ao altar-mor, começou a rezar ou pelo menos a fingir que o fazia, e com muita contrição. Alberto, apesar de continuar na palestra, pôde observar no olhar de Daísa um quê de ansiedade. O que teria ocorrido de tão grave?

Teria alguém observado o colóquio amoroso havido entre os dois no quarto da fazenda? Bem, ele tinha quase certeza de que no momento em que conversavam baixinho e se beijavam, ouvira um ruído como de um pequeno tropel próximo à porta do quarto. Foi como se alguém tivesse chegado até lá e voltado rapidamente. Ao pensar nessa possibilidade, sentiu o coração estremecer. Estava certo de que, se alguém os tivesse visto naquela situação, não guardaria segredo. E o caso viria à tona antes do tempo. Ele pretendia abrir o assunto com seu Jerônimo, mas na ocasião oportuna. Porém, se alguém os tivesse visto, então a bomba estouraria antes do tempo, com efeitos muito mais graves e até imprevisíveis!

Quando os fazendeiros se despediram, ele fingiu ir direto à sacristia e, propositadamente, passou junto a Daísa, roçando-lhe com a batina no ombro. Naquela hora, poucos devotos se encontravam dentro da igreja. Quando voltou da sacristia, ela já se havia levantado e se dirigia a um altar, a fim de beijar o santo. Alberto acompanhou-a até junto daquele altar. Depois, continuando a observar os santos como se tivesse examinando qualquer coisa, indagou à jovem:

— O que há com você? O que a aflige tanto?

— Primeiro, porque desejava vê-lo; segundo, porque devo comunicar-lhe que a Margarida, empregada da fazenda, mexeriqueira terrível, deve ter visto ou ouvido a nossa palestra no quarto, pois no dia da sua volta para a cidade, isto é, depois da sua saída, ao subir a escada junto comigo, falou com sarcasmo:

— Deve estar sofrendo, menina! E fez outras insinuações. Respondi-lhe com altivez, mas a bruaca repetiu a ironia: "Eu entendo essas coisas".

— Se a Margarida viu qualquer coisa entre nós dois, estamos perdidos. Ela não guarda segredo nem de si mesma. E, se meu pai for sabedor do que se passou entre nós, não posso imaginar a sua reação. Meu pai é homem direito, mas apesar da estima que tem por mim é capaz de praticar até violência!

— Até comigo? — indagou Mont'Alvão desconfiado.

— Para lhe ser sincera, creio que não respeitará você nem sua batina. É homem impulsivo, e quando fica irado parece touro bravo. Não vê ninguém à sua frente.

— Não há de ser nada. Estou preparado para o que der e vier. Não sou de briga, mas não corro. Assumo as responsabilidades dos meus atos. E, se você tiver coragem para enfrentar a situação, havemos de vencer, pois eu já falei ao senhor bispo, expondo meu caso. Disse-lhe que amava uma moça e pretendia desposá-la.

— E o que lhe respondeu o senhor bispo?

— Que seria excomungado se consumasse o meu propósito. E mais: você esteja preparada, pois o bispo já providenciou minha transferência daqui. Irei para outra paróquia. Estou certo de que o bispo tomará essa medida, visando nos separar, pois está certo de que evitando que nos encontremos virá o arrefecimento do nosso amor. Porém eu não a esquecerei jamais.

— Meu tio Gerôncio, irmão de minha mãe, que é engenheiro agrônomo, disse ao meu pai muitas vezes que possui a Bíblia Sagrada e que nela está escrito que até o bispo deve ser casado.

— De fato está escrito, mas a Igreja adotou ensinamento diferente. E o *Código de Direito Canônico* proíbe os sacerdotes de se casarem. Todavia, volto a dizer-lhe que por você estou disposto a tudo. Inclusive a deixar a batina. Na ocasião em que entrei no seminário era apenas uma criança, e fui bitolado nos ensinamentos da Igreja. Quando alcancei a idade na qual poderia discernir melhor e optar, já me encontrava comprometido com os votos. Então, senti que havia adquirido o sacerdócio como uma profissão definida. Mas vocação não impede que padre seja homem como os demais o são na ordem biológica.

Absorvidos na palestra, não viram o tempo passar. Continuavam em frente a um dos altares, lugar bem claro e de onde podiam ser vistos pelos que entrassem no templo. Podiam ser vistos, mas não eram ouvidos. Enquanto falava, Mont'Alvão permanecia olhando para o teto como se procurasse algo escondido lá na abóbada ou no forro. Fingindo indiferença, o vigário estendeu-lhe a mão, despedindo-se com a recomendação para que não faltasse à reza.

Ao deixar a porta da igreja, encontrou-se com o sacristão, que embriagado trazia um recado da Sebastiana para que fosse almoçar, pois era tarde. Com a saída do padre, Daísa voltou a se ajoelhar junto a um altar, mas ao invés de rezar, chorava silenciosamente. Não sabia distinguir se o choro provinha da felicidade em saber da atitude definida e firme de Mont'Alvão ou se era devido ao envolvimento naquela situação. De qualquer forma, na alma sensível de mulher, as lágrimas desempenham sempre um papel benéfico e decisivo, podendo exteriorizar felicidade ou prever lutas e dissabores.

CAPÍTULO IX

O Segredo Revelado

Naquela tarde, ao sair da igreja, Daísa dirigiu-se à residência de uma tia, onde sempre se hospedava. Era a irmã mais nova de sua mãe, Dona Genoveva, e confidente da jovem. Mas Dr. Gerôncio, o agrônomo, era o mais novo dos irmãos homens.

Na casa da tia, a moça simulou alegria e felicidade, não deixando transparecer o drama íntimo. À noite, junto com os pais, voltou à igreja para assistir à reza.

Assentando-se nos primeiros bancos, próximo à mesa da comunhão, viu quando Alberto, acompanhado dos coroinhas e todo paramentado, saiu da sacristia, dirigindo-se ao altar. Com ar preocupado, não pôde evitar que seus olhos encontrassem os de Daísa, que baixou o rosto, disfarçando. Os pais, na boa fé, rezavam ao lado da filha.

Naquela noite, ao terminar a reza, o padre saiu apressado e, ao passar por ela já na porta do templo, deixou-lhe na palma da mão um bilhete, no qual dizia que aguardasse correspondência pela posta-restante. E com uma única assinatura: Alberto. Dava-lhe também outras instruções. Embora morta de curiosidade, como todas as mulheres, não leu o bilhete, deixando para fazê-lo somente quando chegasse à residência dos pais.

Sozinha no quarto bem trancado, leu e releu a mensagem do bem-amado. Depois rasgou o bilhete, a fim de que não fosse lido por outra pessoa.

Duas semanas após o encontro na igreja, a notícia da transferência do padre Mont'Alvão chegou à fazenda. Ela, porém, já fora cientificada, principalmente pelo bilhete que ele lhe entregara lá na porta do templo. No entanto, por estranha coincidência, a cidade ou a nova paróquia de Alberto era aquela onde residia o Dr. Gerôncio, tio de Daísa.

Na cidade, ninguém sabia o verdadeiro motivo da mudança do vigário. Mas como fosse benquisto, todos o homenagearam na espontaneidade de sentimentos. Inclusive, enviaram telegrama ao bispo, solicitando a permanência de Mont'Alvão ali na paróquia. Mas bispo é bispo, e Alberto dias depois mudava-se, levando consigo a lembrança dos paroquianos e as saudades de Daísa.

Na nova paróquia, rezava as missas e realizava todos os atos relacionados às obrigações dos clérigos. Procedia, porém, como um profissional que tudo faz por obrigação. Não havia o contentamento de quem o faz por amor ou devoção.

Mont'Alvão escreveu uma carta longa e pungente a Daísa. Nela, descreveu a impressão da chegada àquela nova cidade. Falou do sofrimento que o aniquilava devido à separação e à distância. A missiva, todavia, fora escrita numa espécie de código que somente a jovem entendia.

Passados uns dois meses, Daísa voltou à cidade e, como de costume, hospedou-se na casa da tia. Como não pudesse suportar o sofrimento, foi ao correio. E, como havia sido combinado, lá estava a primeira carta na posta-restante. Tendo-a recebido da mão do funcionário, saiu quase correndo até o jardim, onde se assentou num banco e devorou as linhas e pontuações. Leu o que estava expresso e o significado das reticências, dos traços e tudo que pudesse traduzir o pensamento de Alberto. Terminada a leitura, observou bem o código. Até o nome do seu pai estava escrito de frente para trás: "Ominorej", ao invés de "Jerônimo".

Antes de regressar à fazenda, respondeu a carta, adotando as mesmas precauções. No envelope escreveu apenas: "Ao jovem Alberto Mont'Alvão — posta-restante". Para os funcionários, aquilo não passava de exteriorizações de namorados. Providencialmente, o padre havia conseguido um moço retardado que incumbiu de procurar as cartas que seriam entregues a um paroquiano. Assim, conseguiu afastar suspeitas.

Ao voltar para casa, Daísa encontrou o ambiente todo tumultuado e uma atmosfera tensa e ameaçadora pairava no ar. Margarida, a fuxiqueira, aproveitando sua ausência, descobriu tudo e acabou delatando com detalhes exagerados.

Saturnino, um dos empregados mais antigos e de confiança, tinha sido mandado embora. Era um rapaz trabalhador e honesto, mas nos últimos tempos, vinha se excedendo no uso de bebidas alcóolicas. Maltratava os animais, principalmente os bois de carro que eram entregues para transportes de cana e cereais. Não era mais o carreiro cuidadoso, mas um perverso espancador das pobres criações. Então, cansado de suportar as desobediências do empregado, seu Jerônimo convidou-o para o acerto de contas e o dispensou. Como não soubesse quanto tinha a receber, lhe foi pago simplesmente um restante. Saturnino, considerando injusta a despedida, resolveu se vingar do ex-patrão, contando aos camaradas e até as mulheres tudo o que a Margarida lhe havia dito com relação ao padre Mont'Alvão e Daísa. Em poucos dias, a fazenda dos Portelas estava sabendo de tudo, menos o casal de fazendeiros.

Margarida lhe dissera que tinha visto a filha do patrão deitada em cima do padre Mont'Alvão quando este esteve doente na fazenda. E citava o dia, hora, tempo e tudo. Como era natural, a notícia causou pasmo em todo o mundo, pois todos tinham Daísa como uma moça de procedimento irrepreensível. Ao chegar ao conhecimento do fazendeiro Portela, o homem ficou transido de ódio. Foi um horror! A primeira reação do fazendeiro foi a de matar o Saturnino, mesmo que fosse numa tocaia. Mas havia dois fatos que pesavam no caso de uma decisão dessas: primeiro, Saturnino era corajoso e capaz de enfrentar dois ou três e andava armado de revólver e faca; segundo, tinha de raciocinar com realismo, embora isso fosse doloroso. E se a filha fosse culpada mesmo?

"Esse negócio de moça, mulher. Ela é mulher bonita e de saúde, ele é padre, mas é homem completo". Esse foi o raciocínio simples, porém lógico, a que chegara o fazendeiro. E, com relação ao Saturnino, apesar de andar quase sempre alcoolizado, era direito e trabalhador. Tratar com ele à valentona, seria faca por faca ou bala por bala. Se um capanga errasse o primeiro tiro, iria comer capim pela raiz. Disso, não havia dúvida! Saturnino não deixaria por menos.

Dona Genoveva, muito prudente, ao tomar conhecimento do que falavam da filha, interveio junto ao marido, procurando amenizar a situação. Ela disse que, se Daísa tivesse praticado uma ação dessas, não era a primeira nem seria a última.

Mais calmo, seu Jerônimo resolveu convocar uma reunião com todos os camaradas, inclusive o Saturnino e a Margarida. Na reunião, a candongueira seria interrogada na presença de Daísa!

Num dia previamente marcado, Portela convocou a reunião, na qual compareceu o pai de Margarida, acompanhado do Saturnino.

Quando os outros chegaram, encontraram Daísa ao lado de Dona Genoveva. Agora estavam reunidos, a fim de que tudo fosse posto em pratos limpos, como dizia o fazendeiro. Os boatos eram muito graves e, se a filha devesse, teria de pagar o preço, pois o seu procedimento constituía uma afronta ou mancha ao nome dos Portelas.

Saturnino tinha sido o último a entrar na sala que, na verdade, era um porão onde realizavam descascas do milho em espigas e a destala do fumo. Contudo, o lugar era bem limpo e arejado. Quando Saturnino foi entrando, seu Jerônimo chamou-lhe a atenção:

— Aqui ninguém pode entrar armado!

— Pois eu não tiro minhas armas. A não ser que o senhor também tire as suas.

Houve um momento de expectativa, durante o qual se podia ouvir a respiração dos presentes.

O fazendeiro, calmo, mas de cara fechada, levantou o paletó, mostrando a cintura sem armas.

— Só ando armado quando há necessidade.

— Tá bem, seu Jerônimo, vou entregá minhas armas pra meu futuro sogro guardá!

Naquele momento, todos ficaram sabendo que o futuro sogro do Saturnino era o pai de Margarida. O rapaz avançou uns passos em direção ao velho Garcia e entregou-lhe o 38 e uma faca-punhal de um palmo e meio de lâmina. Depois, voltando-se para o Portela, declarou com sentimento na voz: — Eu ainda respeito o senhor!

O fazendeiro, que era homem emotivo, olhou com simpatia para o ex-empregado. Iniciando o interrogatório, seu Jerônimo perguntou ao Saturnino de quem tinha ouvido as conversas que espalhara entre os camaradas. E por que o fizera, pois aqueles boatos desabonavam a dignidade moral do padre Mont'Alvão e enxovalhavam o nome de sua filha Daísa.

Saturnino respondeu calmamente que tinha ouvido da sua namorada, a Margarida, e que esta não lhe pedira segredos.

— É faladeira — continuou o moço — mas não é mentirosa, nem inventa história; pode aumentar, porém não arranja.

Margarida empalideceu ao ouvir a declaração do namorado e quase desmaiou. Tremia amedrontada, principalmente quando olhava para o pai, que a observava vesgo de raiva.

— Foi a Margarida quem me contou os mar feito da sua filha e o padre. E não adianta escondê, os mar feito aparecem mêmo.

— Mal feito de quem? — atalhou Portela, já irado.

Saturnino se levantou e, tomando posição junto à porta de saída, replicou firme:

— Quem praticou, ora essa.

E, olhando dentro dos olhos da Margarida, fechou a carranca e falou:

— Pode dizê tudo que sabe, que eu garanto, minha filha! Não tenho medo de nada e já percebi que seu Jerônimo tá compretamente inocente. Não sabe de nada.

— Inocente de tudo, o quê? — vociferou o fazendeiro, avançando em direção ao ex-empregado, que não se intimidou nem arredou o pé do lugar onde se encontrava.

A tensão torturava os nervos dos presentes, com exceção de Saturnino, que continuava olhando o seu Portela com ar de piedade. Daísa permanecia serena ou mesmo indiferente ao interrogatório. Foi nessa situação que Margarida começou a falar:

— Eu sei que é muito triste para o seu Jerônimo e Dona Genoveva, mas eu vou contar tudo. Foi naquela tarde, quando vancê foi atender aquele comprador de gado. E eu não tinha interesse de ver nada. Nem pensava nisso. Fui no quarto pra cumprir minha obrigação: buscar os pratos pra lavar. Nada mais. Fui bem devagarinho, pisando nas pontas dos pés pra não acordar o padre. Não fui fiscalizar Daísa, pois nem sabia que ela estava no aposento. Quando cheguei na porta, que estava meio aberta, tive a maior surpresa da minha vida: encontrei os dois, isto é, o padre e Daísa se beijando e, durante muito tempo, ficaram nessa posição. Ela continuava assentada no tamborete e ele encostado no travesseiro, encurvado pra beira da cama. Falavam baixinho que eu não entendi nada. Ele segurava o rosto dela entre as mãos. Tá louquinho por ela, e a Daísa também gosta dele. Isso eu notei e creio que tudo começou quando ele esteve aqui fazendo a capela.

Enquanto Margarida falava, os outros ouviam surpreendidos. Mas, com o apoio de Saturnino, ela não titubeou numa palavra e, por fim, repetiu:

— Tudo que disse, Nosso Senhor, é prova de que não minto!

O fazendeiro, com as faces lívidas, olhou para a filha e perguntou furibundo: — Que diz de tudo isso, sua...?

Com firmeza das pessoas de caráter, Daísa respondeu ao pai:

— É verdade, meu pai, eu e Mont'Alvão nos amamos. E, naquela tarde, nos declaramos. Somente não é verdade o que proclamaram por aí, ou seja, que a Margarida teria dito que vira Mont'Alvão em cima de mim. Isso é uma calúnia pela qual ela responderá diante de Deus, pois eu não me levantei do banquinho onde o senhor me deixou, nem ele se levantou do leito. Apenas estendeu as mãos e segurou meu rosto enquanto nos beijávamos. Nada mais sucedeu além disso!

— Ninguém disse que ele tivesse se deitado por cima da moça, mas que ela havia se deitado por cima dele — esclareceram os camaradas a uma voz.

— Não houve nada disso! — replicou Daísa com firmeza. — Não sou nenhuma leviana, e ele é um rapaz decente. Não faltaria com o respeito ao lar do meu pai.

— Então, confessa seu pecado? — bradou Portela, no seu ódio incontido.

— Meu pecado, não, meu pai. Mas o meu amor por um homem de bem!

Havendo perdido completamente o domínio de si, o fazendeiro avançou fulminante sobre a filha, aplicando-lhe tremendo murro na boca, dizendo:

— Sua sem-vergonha, ainda tem a coragem de me responder, confirmando que namora um padre, um homem que não pode se casar; que está proibido pelos santos mandamentos da Igreja; que é um celibatário!

Com a violência do soco, a moça caiu estirada sobre o assoalho da sala, onde o sangue corria abundante e vivo pelas frestas pequenas das tábuas.

Abrindo os olhos, num momento de lucidez, embora com os lábios partidos, ela voltou a falar com dificuldade:

— Não errei, meu pai, e Mont'Alvão poderá se casar comigo.

Agarrado pelos camaradas, inclusive por Saturnino, Portela berrava como um possesso:

— Tira essa ordinária da minha presença. Não quero ouvi-la, se não sou capaz de matá-la!

— Calma, seu Jerônimo! A moça não errou. A menina é sincera. Isso é coisa de mocidade — dizia, o pai de Margarida, um velho crente desviado. — Eu conheço a Bíblia, e nela está escrito que até o bispo deve se casar. Esse negócio de proibir os padres de se casarem é invenção da Igreja Romana. Todos os ministros da Igreja cristã, nos primeiros séculos do Cristianismo, eram casados, salvo aqueles que preferiam permanecer solteiros. Portanto, o patrão não deve fazer violência com a menina por esse motivo. Ora, se o padre gosta mesmo dela, que deixe a batina e se case com ela e venha ajudar o senhor aqui. Não seria tão bom? Isso é castigo de Deus, seu Jerônimo. O senhor se lembra quando aqueles crentes pretenderam fazer um culto na minha casa e o senhor proibiu, dizendo que os padres é que eram verdadeiros ministros de Deus, porque não se casavam. E agora, um padre está apaixonado pela sua própria filha.

O fazendeiro olhou o velho artesão, fabricante de jacás de taquara e bambu, abaixando a cabeça, envergonhado. Estava pagando um preço muito alto pela sua intolerância! Dona Genoveva, que caíra desmaiada, fora conduzida ao quarto do casal, lá junto às salas grandes. E Daísa se levantara, permanecendo assentada sobre o assoalho, de pernas cruzadas, enquanto o sangue lhe corria dos lábios já inchados. Aturdida, olhava para a pocinha de sangue coagulado. Compreendia que havia sido muito franca em suas palavras, mas dissera a verdade. Agora, restava esperar o pior. Talvez o pai voltasse para matá-la ainda naquela noite. De um homem que perdera a razão, tudo era possível de se esperar.

Depois de ajudar a conduzir Dona Genoveva para o aposento do casal, Saturnino apanhou suas armas que havia entregue ao futuro sogro. Os outros camaradas, com muito esforço, tinham conseguido arrastar seu Jerônimo até a cozinha. O homem parecia desvairado, esperneando de todo o jeito.

Na cozinha, Margarida, com muito agrado conseguiu que o patrão tomasse um chá calmante.

Após aquele rebuliço tremendo, deixando Portela já mais calmo na cozinha, cercado de outros homens, Margarida voltou à sala ou porão onde Daísa se encontrava sozinha, assentada e mirando o sangue que caía-lhe em gotas dos lábios agora deformados. Ela não gemia, nem dizia palavra. Quando a empregada chegou, esforçou-se para levantar levemente a cabeça, pretendendo perguntar-lhe algo, mas não conseguiu falar. A cabeça pesava demais; zonza, não conseguia concatenar os pensamentos. Margarida, chorando, quis levantá-la do lugar onde se encontrava. Não conseguindo, foi chamar o Saturnino, que aguardava pelo lado de fora da porta. Juntos, tentaram levantar a moça. Mas esta se recusou, preferindo continuar naquela mesma posição. Segurando o queixo com uma das mãos, ainda com dificuldade e articulando algumas palavras, disse:

— Onde está meu pai? Digam-lhe que pode vir acabar de matar-me! Não o culpo, é um homem de bem! Eu sou a culpada. E, se vier matar-me, peço-lhes que avisem a Mont'Alvão que eu o amo e que morri amando-o. Portanto, estou compensada por saber que ele também me ama e que por esse amor pretende deixar a batina.

— Larga de bobagem, minha filha, seu pai gosta de você! Ele fez isso, no momento de ódio. Homem é assim mesmo! E, se o padre quer abandonar a batina, melhor! Será um casamento muito bonito! Não desanime, Daísa. Para ser franca, gostei de ver a sua coragem, menina! Eu é que fiquei com medo de você negar o caso. Se isso sucede, quem ia apanhar muito seria eu. Mas você é moça de coragem. E, se o padre souber disso, aí é que vai ficar mais apaixonado.

Vendo baldados seus esforços para auxiliar a moça, Margarida e Saturnino saíram para o curral, onde alguns camaradas ainda cuidavam do gado. Sozinha e exangue, Daísa permaneceu na escuridão do salão, junto à poça de sangue coagulado. Com o rosto já deformado também pela inchação, levou instintivamente uma das mãos à boca e, ao tocar os lábios doloridos, verificou que um dente inferior da frente havia sido quebrado pelo murro violento que o pai lhe dera. Depois de tocar também a gengiva ferida, teve um acesso de choro dolorido. Era um choro da alma que clamava no íntimo:

— Meu pai! Ah! Meu pai! Ainda sou a sua filha pura e intocada como nasci. Sofro por causa da minha sinceridade ao homem que amo e que também é sincero e digno. Não poderia negar o que Margarida tinha visto. Isso seria negar o sangue nobre dos Portelas que corre em minhas veias.

Passado aquele momento de amargura da alma, ela adormeceu ou desmaiou, talvez. Alta madrugada, foi despertada pelo barulho de passadas que entravam no porão. A sala havia sido iluminada pela luz forte de um lampião. Era o velho Garcia, pai de Margarida, que vinha acompanhado de mais três camaradas. Daísa conseguiu abrir um dos olhos encovado pela inchação do rosto que lhe dava um aspecto compungitivo. Por instante, chegou a pensar que seus últimos minutos de vida haviam chegado. Preparou-se com dignidade para receber mais bofetes, um tiro ou vários tiros. Mas não conseguia ver ninguém, apenas reconhecia as vozes. Só não ouviu a do pai: "Não teria vindo?" pensou, aliviada.

Após o murmúrio de vozes que não pôde entender, foi apanhada à força. Apesar da resistência, foi levada como se fosse uma criancinha. Deixaram-na sobre a cama, onde já se encontrava Dona Genoveva, que tinha melhorado, e outras mulheres empregadas da fazenda. Todas falavam, mas Daísa não entendia nada. Deitada na cama, sentiu um tremor de frio esquisito e sintomático. A febre a envolvia em conseqüência dos ferimentos e do dente quebrado. Já não podia articular palavras.

A fazendeira, no seu desvelo de mãe, com pano molhado em água quente, limpava-lhe os ferimentos. Enquanto procedia aos curativos, duas lágrimas grossas e sentidas caíram-lhe dos olhos, chegando aos seios eretos e arfantes da filha.

Margarida, solícita, molhava o pano repetidas vezes, na vasilha de água quente. Procurava, quem sabe, suavizar a consciência.

A empregada não mentira, mas devia ter sido mais prudente; agora reconhecia que Daísa era moça de bem e corajosa.

Com o rosto e boca limpos, ingeriu comprimidos analgésicos apropriados. No dia seguinte, a febre continuava alta. Às dez horas, Portela apareceu no quarto da filha, onde a esposa e alguns empregados, inclusive Saturnino, estavam silenciosos. O fazendeiro olhou a filha, que abriu com dificuldade um dos olhos, pois o outro estava completamente congestionado. Ela pôde ver o pai bem próximo do leito. Ele, desviando os olhos do rosto da moça, sentiu um nó na garganta. Verificou que havia exagerado; que a situação era delicada, mas não desesperadora. Sua filha continuava pura de alma e corpo. No entanto, naquele momento de irreflexão, quase a matara. Se o tivesse feito, seria o homem mais infeliz do mundo. Um criminoso desgraçado!

Ao sair do quarto, chamou Saturnino e Margarida à parte e falou novamente à empregada:

— Você tem certeza de que viu Daísa deitada com o padre, tem certeza?

— Deitada com o padre, não senhor, eu não falei isso. Eles estavam conversando e se beijando, mas ela continuava assentada no banquinho, no lugar onde o senhor a tinha deixado.

— E como espalharam que minha filha fora surpreendida deitada com o padre?

— Margarida nunca falou isso, seu Jerônimo — respondeu Saturnino. — Ora! — continuou o ex-empregado. — Até o senhor bispo já sabe. O padre contou tudo e lhe pediu licença pra deixá a batina e se casá com ela!

— Mas eu não aceito essa situação. Vou tomar outra providência! — voltou o fazendeiro a falar na sua costumeira bravata.

E, olhando bem para Saturnino, indagou:

— E o que pretende fazer com Margarida?

— Casá com ela, uái! E justamente agora, quando tinha pedido ela em casamento, o senhor me manda embora da fazenda.

— Não. Você não vai embora. Preciso de um cabra como você aqui. Só que não admito que continue bebendo e judiando dos meus animais, principalmente dos bois de carro. Portanto, não beba mais suas pingas nos dias de trabalho e eu vou ajudar no casamento.

— Se ele continuar bebendo, eu não me caso com ele, patrão!

— Muito bem, Margarida!

Saturnino, franzindo a testa, olhou para Margarida e falou baixinho:

— Fique sabendo que se você não se casar comigo, não se casará com mais ninguém; porque eu não deixo, tá ouvindo?

— E você já sabe o que falam da Margarida? — falou seu Jerônimo, com certa malícia.

— Sei, sim senhor! — replicou Saturnino — Já procurei o cabra que andou falando aquelas coisas dela, e ele negou tudo. E pra mim, a Margarida disse que não teve nada com ele. E se tentar me enganá, pió pra ela. O revólver e o punhal estão aqui mêmo.

— Já falei que nunca tive nada com aquele cabra. Você larga de conversa se não eu te lasco este bambu na cabeça, pra você me respeitar. Aquele sujeito andou falando essas coisas de mim, porque eu não cedi aos desejos dele, nem um abraço! Ele não passa de um porqueira. E não quero mais essas conversas comigo, Saturnino, pois vamos nos casar, e você saberá o que eu sou.

Portela voltou-se bruscamente para Saturnino e disse-lhe:

— Apanha o melhor cavalo e vá correndo à cidade levar um bilhete para o Dr. Eusébio, o médico que tratou o padre. Traga-o com você, mesmo que seja à força! Ele deve vir cuidar da minha filha. Traga também os remédios próprios para machucadura, mas não diga nada ao médico nem a outra pessoa. Fale que, chegando aqui, saberá do que se trata.

— Tá certo, patrão. Pode contá comigo, tou aqui pra cumprir sua orde.

Já com o bilhete na mão, Saturnino selou o cavalo e saiu disparado.

Margarida, suplicante e humilde falou ao patrão:

— Seu Jerônimo, o senhor não vai perdoá a Daísa? Coitadinha, ontem à noite, ela disse que não culpava o senhor e que reconhecia que ela era culpada.

— Vá pra cozinha! — ordenou o fazendeiro, saindo a passos rápidos como se fosse à procura de alguma coisa no mangueiro dos porcos. Porém, a verdade é que desejava evitar que a serviçal o visse chorando. Durante a caminhada, já na travessia do curral, ele tirou o lenço grande e estampado e enxugou as lágrimas.

No quarto, Dona Genoveva, compadecida, continuava limpando o filete de sangue vivo que ainda escorria lento da gengiva da filha. As horas se passavam vagarosas e pesadas. Na semi-escuridão do quarto, não se ouvia palavra. Apenas o gemido baixo e triste de Daísa quebrava o silêncio enervante daquele cômodo. Inquieta e chorosa, a fazendeira insistia, perguntando-lhe o que estava sentindo. A resposta vinha apenas do olhar sofrido da filha. O mutismo da jovem contribuía para o maior sofrimento e apreensões de Dona Genoveva. Era como se o peso de uma desgraça imensa tivesse desabado sobre a fazenda dos Portelas. Na sala contígua, ouvia-se de quinze em quinze minutos o badalar sonoro do carrilhão marcando o escoar dos minutos e das horas.

Encostado na cerca do mangueiro, próximo ao curral, Portela meditava tristonho, enquanto alguns camaradas trabalhavam, descarregando os cargueiros vindos das roças, carregados de milho em espigas e de feijão em ramas.

Sob uma árvore, à beira do terreiro, o pai de Margarida, velho competente no fabrico de jacás, continuava imperturbável no labor de artesão consciente. Calado e triste, o velho Garcia meditava sobre os últimos acontecimentos. Lembrou-se também do tempo em que era membro da igreja e participava da Santa Ceia. Conhecia a Palavra de Deus e sabia que Jesus é o único Salvador, mas ele não vigiou e caiu em pecados. Não em pecados contra o corpo, mas no pecado espiritual da murmuração. Daí passou à ira e até à valentia. Naquela fazenda, era o único que possuía a Bíblia Sagrada, mas não podia falar nada. Não tinha testemunho. Todos o conheciam como o "crente brabo". Diante dos acontecimentos da tarde do dia anterior, pensou muito na sua situação de desviado, chegando a sentir uma agonia no coração. Um desejo de voltar aos pés do Senhor Jesus. Mas não tinha força; precisava de ajuda, como a maioria dos desviados. E muitos não têm voltado à comunhão da igreja e à reconciliação por falta de auxílio espiritual. Aquele velho Garcia era um exemplo. E quantos Garcias não estão por aí à espera de quem os ajude com oração e conselho.

Portela, apesar das suas grosserias, era homem de coração generoso. Nunca desamparava seus serviçais. Por isso, contava agora com o sentimento sincero de profunda solidariedade. Alguns camaradas, de tão constrangidos, não quiseram se alimentar.

Daísa, pela simplicidade de caráter, havia conquistado a amizade de todos os agregados da fazenda, cujas casas ela visitava sempre, levando nas mãos um pequeno presente que oferecia às crianças, das quais recebia o tratamento convencional de patroinha.

CAPÍTULO X

A Correspondência Revelada

Ao chegar à cidade, Saturnino foi direto ao consultório do médico. Após aguardar alguns minutos, entrou sem pedir licença e, sem cumprimentar o facultativo, entregou-lhe o bilhete que o patrão enviara. Terminada a leitura, o médico perguntou-lhe o que havia acontecido de tão grave para que o seu Portela exigisse sua presença com tanta urgência.

— Não sei não, senhor — respondeu sisudo, o mensageiro. — Sei que a moça Daísa tá muito doente. E é para o senhor viajá comigo agora. Não sei de mais nada.

Já de pé, o Dr. Eusébio começou a preparar a maleta com ferramentas e remédios.

— Vamos já, mas eu irei no meu automóvel.

— Eu vou no meu cavalo. Não gosto de andá nessas coisas.

Dizendo essas palavras, o camarada abriu a porta bruscamente e saiu para a rua. O médico voltou a perguntar:

— Que tem a moça? Preciso saber pelo menos de que se trata, isto é, o que parece ser. Se é ataque, mordida de cobra ou machucadura, a fim de levar instrumentos cirúrgicos e medicamentos apropriados.

— É machucadura mêmo. E vamo logo!

— Pode ir galopando, que o alcançarei facilmente.

—Só sairei daqui quando o senhor entrá no tomóvi. Essa coisa pode tá cum defeito!

— Está bem rapaz. Confia mais no cavalo, não é?

— É, ele não gasta gasolina, nem perde breque.

Montando no animal, cujo arreio rangeu todo, Saturnino levantou lentamente o chicote e esporeou de leve. O corcel fogoso saiu rápido, diluindo-se no passo picado. Antes de tomar a estrada da fazenda, o camarada passou na residência da irmã de Dona Genoveva. E, cumprindo ordens que trouxera, comunicou-lhe o estado de saúde da sobrinha:

— Tá muito doente! — mas não revelou a doença.

Depois de ouvir o recado, Dona Sílvia, a tia de Daísa, murmurou baixinho:

— Talvez fosse até melhor se ela morresse.

Saturnino não entendeu as palavras da senhora.

— Pode avisá-los de que estou ciente e irei mais tarde. Pode seguir depressa seu...

— Saturnino! — completou com firmeza o camarada, já virando a cavalgadura.

O médico, no seu automóvel, já estava quase chegando à fazenda. A tia de Daísa voltou ao quarto e tirou da gaveta de um móvel duas cartas que havia recebido da funcionária do correio. Apesar das precauções tomadas por Alberto Mont'Alvão, a funcionária do correio, que conhecia muito a sua letra, descobriu que aquele Alberto das cartas deixadas ou endereçadas à posta-restante só podia ser ele: Mont'Alvão. Nesse, como em muitos casos, cumpriu-se o que o Senhor Jesus Cristo disse aos seus discípulos: "Porque nada há coisa oculta que não haja de manifestar-se, nem escondido que não haja de vir à luz". E, no caso daquelas cartas, a funcionária não fizera por mal. Desejava colaborar com a destinatária, entregando-lhe ou fazendo chegar às suas mãos as missivas enviadas pelo padre. E daí entregá-las à Dona Sílvia, a fim de que ela enviasse à sobrinha. "Nada mais simples", pensou a funcionária.

Ela ignorava a existência do romance entre Daísa e Mont'Alvão, mas com essa colaboração bem-intencionada, contribuiu para que Dona Sílvia tomasse conhecimento.

Acontece que a tia da jovem fazendeira, ao receber as cartas, não pôde conter a curiosidade e abriu a que parecia mais antiga. Mulher inteligente e lida, entendeu logo que se tratava de uma carta de amor e escrita pelo ex-pároco da cidade. Mais surpreendida do que crédula, abriu a segunda. Leu rápido e releu. Lá estava, concluiu, o sacerdote tão direito, fiel à sua vocação, declarava sem rodeios e com todas as tintas da sinceridade a sua paixão violenta pela sobrinha, renovações das juras de amor e estrofes de sonetos.

"'Não vás lá', dizia-me a razão antes de vê-la, 'se não queres ser sujeito ao seu olhar que é como o olhar da estrela'". Depois, a reafirmação do desejo de abandonar a batina: "A lembrança dos beijos naquela tarde inesquecível em que o céu parecia encontrar-se com a terra, quando nossos lábios se tocavam".

Com o coração saltitante, Dona Sílvia murmurou ao terminar a leitura:

— É o fim! Que dirão as más línguas? E o meu cunhado, quando souber? Minha Nossa Senhora, não quero nem pensar!

Aquela senhora, de formação religiosa tão sólida, não podia admitir que o padre Mont'Alvão, ou algum outro chegasse àquela situação de apaixonado. E, principalmente ele, o vigário Mont'Alvão, ao qual confessara seus pecados tantas vezes. Dona Sílvia se lembrava de que certa feita confessara ao padre um problema muito particular, ou seja, ter praticado algumas vezes o vício solitário. E agora, se ele deixa a batina? — indagava.

Se Dona Sílvia tivesse confessado o seu pecado diretamente ao Senhor Jesus Cristo, que é o maior confidente, aquele que não revela nossos segredos a ninguém e que, de fato, pode perdoar os pecados, não teria motivo para preocupações. Mas, para ela, o padre era um extraterreno, um anjo. E agora, amargurada, lia naquelas cartas o extravasamento do amor, de uma paixão confessada por ele, que há bem pouco tempo fora o seu confessor. "Que horror!" pensou a tia de Daísa.

O lado humano do sacerdote, encoberto pela batina e a tonsura, apareceu na sua realidade autêntico e expressivo. A outra personalidade, ostensiva e guardada pelo tabique de juramentos e votos, diluiu-se como gelo junto ao calor. O calor do amor.

Ligando os fatos, ou seja, a vinda de Saturnino à cidade para levar o médico e comunicar-lhe a doença da sobrinha, Dona Sílvia concluiu que Portela já tomara conhecimento do caso e reagira violento:

— Não pode ser outra coisa a doença de Daísa. Amanhã saberei do que se trata. Mas as cartas do padre irão comigo. Convém que os pais tomem conhecimento e até leiam estas missivas.

Quando Saturnino chegou à fazenda, o médico já havia examinado a moça. No desempenho da profissão, o facultativo nada perguntou aos pais da jovem, limitando-se a tomar a cadeira e chegar junto ao leito onde jazia a enferma. Depois de dirigir uma palavra animadora, apalpou-lhe os lábios e a gengiva, constatando o efeito da contusão. O rosto deformado pela inchação e a febre alta, bem como o coração acelerado, prenunciavam, além dos sintomas naturais, o progresso da infecção. Havendo procedido aos curativos, aplicou-lhe as injeções indicadas. Depois olhou nos olhos quase fechados da jovem e perguntou-lhe com voz grave e baixa:

— Seu pai bateu-lhe com a mão ou com o pé?

— Com a mão — respondeu com dificuldade e numa crise de nervos e de soluços.

— Em que você o contrariou? Foi por causa do seu amor pelo sacerdote? — voltou o médico a perguntar com naturalidade, como se soubesse de tudo nos menores detalhes. Mas a moça, virando o rosto para o outro lado do leito, não respondeu. Depois de alguns minutos, abriu os olhos outrora tão vivos e lindos e, ao soltar um suspiro profundo, não pôde impedir que lágrimas corressem quentes até as mãos do médico que consertava um esparadrapo desprendido do curativo.

— Não precisa falar, minha filha, entendo toda a situação. Porém, tudo há de passar. O interessante agora é repousar. Em poucos dias estará restabelecida. A sua constituição física é excelente, por isso poderá correr atrás das borboletas azuis e quem sabe ir encontrá-lo.

Naquele momento, Dona Genoveva chegou ao quarto, trazendo uma bandeja com café, que foi servido ao facultativo. Enquanto tomava o lanche, o doutor Eusébio afirmou que o caso não inspirava cuidados maiores. Não havia perigo, pois o maxilar não tinha sido fraturado, apesar da violência do impacto. Somente o dente teria de ser restaurado, talvez com o aproveitamento da raiz.

— Quer dizer que minha filha está fora de perigo doutor?

— Sim. Não há maiores conseqüências. Pode ficar tranqüila, que a infecção será debelada dentro de mais vinte e quatro horas. Esta moça é de uma resistência admirável. Se fosse uma outra jovem da sua idade, creio que a situação seria muito diferente. Mas, no momento, o maior sofrimento da sua filha é no espírito, no coração.

— Eu sei, doutor. Ela sofre muito. Porém, é uma coisa tão insensata que só Deus pode resolver.

— E Deus resolverá — respondeu o médico, enigmático. — O que Daísa está sofrendo é normal em toda jovem equilibrada: o amor, o casamento.

A fazendeira calou-se acabrunhada. Parecia que aquele médico adivinhava as coisas.

Portela não compareceu ao quarto nem veio cumprimentar o médico. Preferiu permanecer no curral junto aos empregados, em cujas fisionomias se podia notar uma expectativa angustiosa.

Após as recomendações, o Dr. Eusébio desceu lentamente a escada que terminava no curral. O patrão e os camaradas o olharam interrogativamente.

Depois dos cumprimentos, o médico falou com ar confiante:

— Não se preocupem. Não há perigo. A infecção que estava progredindo já está sob controle. Dentro de umas vinte e quatro horas estará em franca recuperação.

Todos sentiram alívio, e alguns até tiraram os chapéus em agradecimento a Deus. Garcia, o crente desviado, levou a mão ao peito em sinal de gratidão. Talvez tenha orado pela jovem.

Chamando Portela à parte, Dr. Eusébio falou em voz baixa:

— De outra vez, não seja tão violento. Se tivesse repetido o murro, teria provocado a morte da menina, atitude que o colocaria em uma situação de um criminoso bárbaro. Ela morreria, mas Deus e a sociedade o condenariam inexoravelmente. O remorso o acompanharia ao túmulo, o anátema ficaria sobre a família dos Portelas. Portanto, aceite a situação como ela se apresenta. Nada de insensatez, que não resolve. A sua filha é moça de bem e pura como os lírios do campo!

Ao ouvir "pura como os lírios do campo", Portela chorou, mesmo na presença dos camaradas que assistiam silenciosos, mesmo não ouvindo as palavras do doutor.

Enxugando as lágrimas, seu Jerônimo falou:

— Houve um momento, doutor, em que pensei que a minha filha já estivesse perdida, e o senhor sabe o opróbrio que seria para a nossa família, pois a conservação da pureza e da virgindade é apanágio de todas as moças de bem aqui em nossa região e particularmente nas famílias de bem neste país.

— Não use mais de violência. Se isso tiver de acontecer, ninguém poderá evitar ou impedir. Só Deus poderá mudar o curso dos acontecimentos.

— Isso o quê, doutor? Explique melhor!

— Ora, sua filha ama o padre Mont'Alvão, e ele a ama. Estão perdidamente apaixonados. Ele foi transferido de paróquia por ter tido a coragem, ou melhor, a decência de expor ao seu bispo o desejo de desposar sua filha.

— Como soube dessas coisas, doutor?

— Quando tratei do padre e sugeri sua vinda para este lugar, nem em sonho podia supor que o estava conduzindo justamente para junto daquela que era a causa de sua doença. Nunca me ocorreu que fosse Daísa, justamente ela, o motivo do seu drama de amor. E, quando o visitei aqui, na última ou penúltima vez, então concluí que ele já havia tomado um remédio certo para o seu mal e precisava declarar o seu amor, bem como saber se era correspondido. Uma vez conseguido isso, recuperou-se de um dia para o outro. Pois a sua maior doença não era no corpo, mas na alma.

— Mas isso é uma tragédia, Dr. Eusébio!

— Tragédia, por quê? Ele é solteiro, ela é moça, além disso se amam. E o que tem isso, de ser padre? Melhor seria que a condição de sacerdote não o impedisse de contrair matrimônio, mas se há esse impedimento inverossímil, então deve deixar a batina e construir o seu lar. Conheço vários casos de sacerdotes que deixaram a batina, casaram-se e vivem felizes. Se a Igreja perde sacerdote, é porque quer. É só entrar pelo caminho certo, pelos quais andaram os primeiros ministros da Igreja, e como o protestantismo o faz. Filhos de padres há bastantes, mas filhos de pastores fora do lar é muito raro.

— Para ser franco, Dr. Eusébio, até parece que o senhor o mandou de propósito para minha casa.

— Somos amigos, Portela, mas não admito insinuações. E, se o tivesse mandado com um propósito preconcebido, estaria no meu direito de médico: procurar ministrar o remédio certo. Mas indiquei a sua fazenda devido ao clima excelente e a família ser de minha confiança e já conhecida do sacerdote.

— Obrigado, doutor! Desculpe minha indireta.

— Então o senhor acha, doutor, que o padre estava doente por causa do amor à minha filha?

— Como já o afirmei, no início não sabia quem era a causa de sua paixão, mas tinha certeza de que estava apaixonado. E volto a recomendar-lhe prudência, senão poderá estragar a vida da sua filha para sempre.

O fazendeiro calou-se. Porém, a notícia de que a filha se restabeleceria dentro de poucos dias o alegrou muito, trazendo um alívio ao seu coração de pai violento. Depois de recomendar a observância das instruções que dera com relação ao estado da moça, o médico despediu-se. Um camarada correu a abrir a porteira.

Ao voltar novamente para junto dos camaradas, Portela disse:

— Ela está fora de perigo.

Todos responderam:

— Graças a Deus!

Eram dez horas da manhã, quando Dona Sílvia, a tia de Daísa, chegou à fazenda. Numa bolsa larga e antiquada trazia as cartas do padre e umas guloseimas para a sobrinha. Ela era uma viúva atraente e simpática. Senhora alta, esbelta, bem feita de corpo e morena clara de cabelos castanhos sedosos já mesclados de alguns fios brancos. Tivera um casal de filhos que estudava na capital. Mulher séria e religiosa praticante, vivia mais para os afazeres domésticos, que não eram muitos, do que para reuniões sociais. Para ela, somente a sua religião possuía o monopólio do céu. Todas as outras eram seitas heréticas e perniciosas. Dona Sílvia ignorava que a verdade salvadora viera por Jesus Cristo e que a salvação se encontrava nEle, e não numa religião. Pois o mesmo Jesus Cristo afirmou aos seus discípulos e a todos os homens: *Dicit ei Jesus: Ego sum via, et veritas et vita. Nemo veni ad Patrem, nisi per me.* ("Disse-lhes Jesus: Eu sou o caminho a verdade e a vida; ninguém vem ao Pai, senão por mim".) Apesar de normalista e lida, mantinha-se bitolada à religião que conhecia. Ela não lia a Bíblia, salvo alguns trechinhos, como dizia, com o receio de virar protestante. Concluímos que ser protestante é uma coisa muito boa, porque somos gerados pela leitura da Bíblia, que é a Palavra de Deus. Então é sublime.

Quando entrou no quarto e viu a sobrinha com o rosto quase coberto pelos curativos, teve um acesso de choro. O rosto lindo da sobrinha, agora inchado e com esparadrapos, causou-lhe impressão profunda. Estendendo a mão macia e carinhosa, perguntou à jovem:

— Minha filha, como sucedeu isso? Que tristeza!

Abrindo os olhos, ainda com dificuldade, Daísa olhou-a durante alguns instantes, mas não lhe respondeu palavra. Todavia, por um pressentimento próprio das mulheres, compreendeu que a tia tinha algo a dizer-lhe ou aos seus pais.

Dona Genoveva, que havia saído por uns instantes, voltou trazendo uma terrina cheia de caldo de galinha e insistiu para que a filha a tomasse. Com dificuldade, a moça conseguiu sorver um pouco do alimento.

Após aquela refeição ligeira, as duas irmãs saíram, deixando Daísa sozinha no quarto. Dona Sílvia convidou a mana para que fossem juntas para o salão ao lado, pois desejava falar-lhe assunto reservado. Assentada numa poltrona, a tia de Daísa tirou da bolsa as duas cartas e entregou-as à fazendeira para que lesse. Mas as palavras pareciam cifradas, por isso pediu o auxílio da mana, que explicou o significado de palavra por palavra. Ao terminar a leitura das duas missivas, Dona Genoveva declarou que já sabiam de tudo. De coisas piores do que aquelas.

— Só não tínhamos conhecimento da existência das cartas. Mas elas vieram confirmar aquilo que sabíamos. Todavia, por recomendação do médico, não devemos agitar o assunto por enquanto.

— Eu guardarei as cartas comigo — disse Dona Genoveva. — Em ocasião oportuna mostrarei ao Jerônimo.

— Você se achava presente no momento em que Portela bateu na menina?

— Estávamos todos reunidos lá no porão, e ele só não a matou porque os camaradas o impediram. Ficou fora de si quando ouviu a confirmação da filha, dizendo que amava o padre. Entendeu que Daísa tivesse perdida, e esse pensamento o transtornou. Você o conhece e sabe como é violento. Fica pior do que touro baguá.

— Agora resta esperar os acontecimentos — falou Dona Sílvia pensativa. — E o Portela, como está reagindo nas últimas horas?

— Observo que ele está muito arrependido, pois sempre estimou muito a filha Daísa. Volto a dizer que o maior motivo da sua ira incontrolada foi o fato de supor que a filha tivesse sido violada.

— Mas o padre Mont'Alvão não seria capaz de um procedimento desses — exclamou Dona Sílvia, defendendo o sacerdote.

— Também creio — confirmou a fazendeira. — Não pelo fato de ele ser padre, mas porque a ama sinceramente. Tudo não passou de beijos e juras de amor.

— Pois eu creio piamente que o padre, seja qual for, é sempre um santo!

Na sua credulidade de beata ingênua, Dona Sílvia voltou a afirmar:

— Não creio que todos os padres, só pelo fato de serem padres, sejam santos. Na cidade, há um grande comerciante que é filho de padre, e não sei se você se lembra que o nosso grande abolicionista, José do Patrocínio, também era filho de padre. Creio que haja entre os padres homens de bem, corretos, como aliás é o caso do padre Mont'Alvão. E ele deseja casar-se com Daísa porque a ama, e ela o quer como marido. Essa é a situação que temos de enfrentar.

— Enfrentar de que modo, se ele é padre? — retrucou Dona Sílvia.

— Deixará a batina, ora essa!

— Se o fizer, poderá ser excomungado.

— Você está exagerando. Eu também preferia outro para genro, mas o coração não escolhe situação nem profissão. Vem como uma flecha incerta, atinja a quem atingir.

Naquele momento, ouviram o vozeirão de Portela; velho alto, corado e de cabelos grisalhos, em cuja fisionomia distinguiam-se os vestígios do sangue europeu. Entrou na sala e foi cumprimentando a cunhada com enorme aperto de mão, que quase a fez gritar de dor. Dali foram todos para a cozinha de onde retornaram ao quarto de Daísa, que dormia sossegada.

— Amanhã estará bem melhor — falou a fazendeira, passando a mão delicadamente sobre o rosto da filha.

A febre já estava cedendo. E, ao chegar ao aposento do casal, Dona Genoveva contou ao marido parte da conversa que tivera com a mana. Nada lhe disse, porém, sobre as cartas. E Portela, ao tomar conhecimento de que a filha já experimentava acentuada melhora, adormeceu aliviado.

No dia seguinte, reuniram-se os três a fim de analisar a situação criada e como enfrentá-la. Alguém levou ao conhecimento do sacerdote tudo que ocorreu com Daísa e de como ela portou-se com dignidade e firmeza.

Dois dias depois, Mont'Alvão chegou à cidade e foi diretamente ao consultório do Dr. Eusébio, de quem obteve todas as informações que o tranqüilizaram a respeito do estado de saúde da jovem fazendeira. Para maior segurança e discrição, Alberto veio em trajes civis e com um chapéu que lhe ficava muito bem. Portanto, somente de muito perto ou mesmo falando com ele, alguém poderia reconhecê-lo. Era um disfarce quase perfeito.

CAPÍTULO XI

A Nova Paróquia do Padre Mont'Alvão

Ao chegar à cidade para onde fora transferido, Mont'Alvão sentiu-se isolado, apesar das demonstrações de carinho apresentadas pelos paroquianos, que o receberam com satisfação por sua fama de padre correto.

Alberto exercia o ministério mais por obrigação do que por dedicação. Não sentia mais aquela ligação de alma e coração que contribui para que o homem possa suportar os espinhos que sempre são encontrados no jornadear da vida e no desempenho de um trabalho honesto a favor do seu semelhante.

Certo dia, tomou conhecimento de que um dos maiores fazendeiros daquele município era o Dr. Gerôncio, tio de Daísa. Um agrônomo muito conceituado como homem e profissional. Mont'Alvão procurou entrar em contato com o irmão de Dona Genoveva e, ao fazê-lo, foi recebido com muita simpatia, numa intimidade como se se conhecessem há muito tempo. Em poucos dias estava firmada uma amizade. Daí por diante passou a participar de almoços na residência do Dr. Gerôncio, que o convidava sempre com insistência.

Durante um daqueles almoços, o agrônomo perguntou-lhe sobre sua doença e os dias passados em casa de Jerônimo Portela. Para surpresa do padre, Dr. Gerôncio sabia de tudo, até com detalhes. Mont'Alvão expôs-lhe com franqueza, como num desabafo, todo o seu sofrimento por causa de Daísa, motivo de sua transferência para a cidade onde se encontrava agora. Reiterou que a despeito de todas as dificuldades que se lhe antepunham, pretendia mesmo desposar a sobrinha do agrônomo.

Depois de ouvi-lo com atenção e até com prazer, Dr. Gerôncio respondeu-lhe:

— Pois eu vou ajudá-lo. Pode contar comigo, desde que esteja disposto a enfrentar até perigos. Eu o ajudarei até de armas na mão, porque meu cunhado Jerônimo é brutalhão e valente.

Foi após essa palestra com o Dr. Gerôncio que Alberto tomou conhecimento do sucedido com Daísa, quando o seu pai quase a matara com um soco violento.

Ao indagar do agrônomo como tivera conhecimento de tudo, com todos os detalhes, Dr. Gerôncio respondeu que nesses casos de namoros escondidos há sempre alguns protetores. Havia suspeita de que fora Saturnino quem o avisara. Mas não se teve confirmação. O certo é que o tio de Daísa sabia de tudo, até do dente quebrado. Chocado com a notícia, Mont'Alvão vestiu-se à paisana e seguiu imediatamente para a cidade de onde viera. Mas ninguém o reconheceu quando desembarcou do trem e encaminhou-se para a residência do Dr. Eusébio. Não o encontrando em sua residência, foi procurá-lo no consultório, em cuja sala de espera preferiu aguardar que o último cliente fosse atendido. E, disfarçado como se achava, foi fácil despistar. Conservando o chapéu bem puxado sobre os olhos e com a gola do paletó bem virada para cima, nem o Dr. Eusébio o reconheceu. Foi preciso saudá-lo em voz alta.

— Padre Mont'Alvão, o senhor por aqui, que surpresa agradável! Entre, vamos conversar!

— Dr. Eusébio, como está passando Daísa? Dr. Gerôncio já me contou tudo. Estou ansioso.

— Pode ficar tranqüilo. Está fora de perigo. Fui medicá-la.

Procurando sensatamente minimizar a situação, o médico em poucas palavras narrou ao sacerdote o que ocorrera com a jovem fazendeira.

— Creio, doutor, que o senhor, como médico e excelente psicólogo, conhece perfeitamente o meu drama. Sabe do meu caso e o quanto tenho sofrido. Mas me consola o fato de saber que ela também me ama. E até fizemos planos para o futuro.

— E como Daísa o ama! — exclamou Dr. Eusébio, pensativo. — Ela é digna do seu sacrifício.

— Estou disposto a pagar o preço do opróbrio a que serei levado. Sei que sou padre, porém acima de tudo sou homem. E homem com todas as letras! Não suporto mais viver assim, mentindo a mim mesmo. Preciso ter o meu lar, *minha mulher*, meus filhos.

O médico, assentando junto à mesinha, sorriu discretamente e respondeu, tamborilando os dedos na beira do móvel:

— Logo que o examinei lá na casa paroquial, cheguei a essa conclusão. Havia algo estranho na sua vida, e esse algo só poderia ser uma paixão por alguém que o enfeitiçara.

— Sim, Dr. Eusébio, havia e há. E esse alguém é Daisa Portela, aquele anjo terreal ou demônio que apareceu no meu caminho, a fim de desviar-me da missão de cura das almas.

— Não diga uma coisa dessas, padre Mont'Alvão. Pretender comparar uma moça digna e pura com o demônio! Se fosse assim, todas as mulheres seriam demônios. Até mesmo a nossa mãe. O que não é verdade, pois a minha mãe é uma santa.

— A minha também, Dr. Eusébio, é uma santa.

— Se Daísa Portela fosse uma mulher casada que o estivesse perseguindo ou uma meretriz, uma espécie de Madame Dubarry, então seria o caso de considerá-la demônio. Mas o grande erro da Igreja Romana é não permitir que seus sacerdotes se casem. No entanto, a Igreja não é tão severa com relação ao pecado de adultério, mesmo entre o seu clero. E o senhor sabe disso.

Terminando essas observações, o médico tomou a chave e convidou Mont'alvão para que o acompanhasse ao seu lar, dizendo que ali poderiam conversar melhor.

Após o jantar, o Dr. Eusébio voltou ao assunto:

— Se o seu amor por ela for sincero, este sentimento irá obrigá-lo a prosseguir. A situação, ao ponto que chegou, não admite mais recuos, pois o nome da moça, de certo modo, já está enxovalhado por sua causa. Devemos encarar os fatos com realismo. O senhor já levou o caso ao conhecimento do senhor bispo, e fez muito bem.

— Mas o bispo dessa diocese é homem intransigente, Dr. Eusébio. Ele é capaz de conseguir minha excomunhão, alegando outro motivo também. É homem vaidoso e que não aceita ser contrariado em suas decisões.

Ao ouvir a história, a esposa do médico quase teve um desmaio. Para ela, a surpresa foi atordoadora. Contudo, mantinha o silêncio sugerido pelo esposo. E, a seguir, foi providenciar um café para ambos. Depois de servir o café, a senhora aventurou-se a uma pergunta:

— O senhor pretende mesmo deixar a batina e o sacerdócio, padre Mont'Alvão?

— Sim, senhora — respondeu secamente, o sacerdote. — Creio que será melhor assim do que viver em pecado, enganando os paroquianos como muitos fazem.

— E o senhor não tem medo de ser excomungado?

— Medo, não senhora. Mas se o for, lamentarei sinceramente. Creio, entretanto, que Deus há de laborar em meu favor, pois o casamento em si não é pecado. Se o fosse, então a senhora ao se casar com o Dr. Eusébio teria cometido pecado.

— Bem, o senhor sabe o que está fazendo — respondeu a dona da casa com visível tristeza.

— Deixe o padre Mont'Alvão em paz — falou o médico, intervindo na conversa. — Ele vai dormir esta noite aqui em nossa casa. Pode preparar o quarto de hóspedes. E, quando se casar, virá com a esposa nos visitar. A senhora, que era mulher convencida de sua religião, olhou o marido com ar sério e desaprovador.

Alta noite ou quase madrugada, o médico foi ao quarto e da porta, que estava apenas encostada, chamou o sacerdote. Este, ao constatar que se tratrava do dono da casa, abriu-lhe imediatamente a porta. Vestido com roupão por cima do pijama, o Dr. Eusébio falou em voz baixa, repetindo alguns lances dos acontecimentos na fazenda dos Portelas. Frisou que o pai só não havia consumado um crime hediondo por ter sido impedido pelos camaradas que o agarraram à força; pois, acreditando nos boatos espalhados entre os seus empregados, chegou a crer que a filha havia sido deflorada pelo senhor, padre Mont'Alvão.

— Pobre menina! Ao confirmar que o amava e admitir que tinha sido beijada, levou um murro tão violento, que, se tivesse sido repetido, teria morrido fatalmente. Ela é digna de você, Mont'Alvão. E, para corresponder à tamanha sinceridade e nobreza de caráter, creio que o caminho certo a ser tomado é providenciar com a maior urgência possível um modo para que vocês se casem. Não há dois casamentos no Brasil. O casamento único e válido na República é o civil. Portanto, não há que se esperar mais.

— Mas como vamos encontrar uma solução, Dr. Eusébio?

— A situação para ela é insustentável. Depois do que aconteceu, Daísa não terá mais ambiente psicológico e sossegado em companhia dos pais. Muitos a olharão até com ironia.

Durante mais uma hora, Mont'Alvão ouviu com atenção os planos que o médico apresentou para solucionar o problema. Por fim, o padre falou:

— Creio que este é o melhor plano. Não vejo outra alternativa, embora seja arriscado e traga conseqüências inevitáveis.

— As conseqüências virão de qualquer maneira. A não ser que você proceda como um covarde e desista do seu amor por ela.

— Vou estudar o plano em seus menores detalhes e depois escrevo-lhe para que tome as providências, no sentido de que Daísa seja instruída de modo a que venha dar tudo certo. Salvo se ela resolver desistir.

— Se ela tivesse de desistir, já o teria feito quando foi interrogada pelo pai. Mas vai dar tudo certo! — replicou-lhe o médico. — Não se assuste com nada.

— Então, Dr. Eusébio, o senhor pode pôr o plano em execução aqui, que hei de fazer a minha parte lá.

Quando terminaram a palestra, o dia acabava de amanhecer. Para Mont'Alvão, aquela fora uma noite quase toda de vigília. Após tomar o café, o padre despediu-se e tomou a condução que o levaria à paróquia.

Na tarde daquele mesmo dia, o médico, sem maiores explicações, avisou a esposa que iria atender a um cliente numa fazenda e que talvez pousasse por lá.

A noite já estendia o manto sobre aquelas paragens bucólicas quando o facultativo chegou à fazenda dos Portelas. Recebido com amabilidade, foi conduzido ao quarto de Daísa. Ao examiná-la, o médico pôde verificar que somente no lugar em que o dente fora partido ainda havia ferimento e continuava algo inchado. Aproveitando os momentos em que ficou a sós com a doente, falou-lhe da visita que Mont'Alvão lhe fizera e de como tinha ficado preocupado com os fatos ocorridos com ela. Expôs-lhe também todo o plano acertado com o padre. E que o rapaz já decidira abandonar a batina e o ministério para poder desposá-la. Era arriscado, mas seria a única saída para aquela situação. Não podendo suportar a emoção causada pela notícia e, especialmente pelo plano combinado, Daísa chorou num misto de felicidade e de dor.

— Como é? Está disposta a cumprir a parte que lhe compete? Senão, eu direi a ele que você desistiu.

— Pode dizer-lhe que estou de acordo, e mesmo com esse risco de morte eu farei a minha parte. Mas é necessário que Alberto não se descuide um momento, caso contrário correrá risco de vida. Deve se colocar sob proteção do meu tio Gerôncio, pois é disposto e acostumado a enfrentar essas coisas. Conheço bem meu pai, sei que não titubearia em usar de violência para impedir a consumação deste plano. Procurando passar o tempo, o facultativo continuou procedendo a uma massagem demorada e necessária no rosto de Daísa, que a todo momento gemia.

Não suportando aquela agonia, Portela chamou o Dr. Eusébio a um lado do corredor e perguntou-lhe preocupado:

— Doutor, será que a minha filha vai ficar defeituosa?

— Talvez, não — respondeu o médico com ar de quem realmente estava preocupado. — Depende da continuação das massagens. E terá de ser na cidade, em meu consultório, onde há recursos. Além disso, o senhor deverá proceder ao tratamento do dente inutilizado antes que surja outro problema de infecção. Mas antes de ir ao dentista, preciso instruí-la sobre o tratamento.

— Faz muito bem, Dr. Eusébio. Agradeço-lhe o cuidado com a minha filha e peço-lhe para aconselhá-la a deixar esse namoro besta com o padre. Caso contrário, serei obrigado a interná-la num convento de freiras!

— Se ela não tiver vocação para ser freira, como poderá suportar a vida de isolamento?

— Prefiro vê-la isolada num convento e contra a sua vontade do que saber que persiste nessa paixão maluca.

— O padre poderá largar a saia preta e se casar com a sua filha. É a única maneira de torná-la feliz.

— O senhor acha, doutor, que eles seriam felizes de verdade? Mas, e o escândalo?

— Escândalo maior e mais vergonhoso é o que alguns padres praticam, vivendo amasiados com mulher e filhos, passando por santarrões aos olhos compassivos da sociedade e do próprio bispado a que pertencem. Contudo, vou aconselhar sua filha, mas se ela não aceitar, sou obrigado a ajudá-la!

— Fico muito grato, doutor, pelo que puder fazer pela minha filha, pois tenho sofrido muito nestes últimos dias.

— Não há motivo que justifique a sua reação violenta. Ela é moça, e o padre, um rapaz solteiro. Deixará a batina e será um genro excelente.

Diante da argumentação do médico, o fazendeiro calou-se. No entanto, o que o médico pretendia na realidade era preparar o espírito do seu Jerônimo para a eventualidade de acontecimentos futuros.

— Amanhã levarei a minha filha para a residência da tia que mora na cidade e a deixarei aos seus cuidados e da minha cunhada.

— Eu procederei ao tratamento necessário, mas a responsabilidade pela moça ficará exclusivamente com a Dona Sílvia.

Ao findar aquele colóquio, os dois verificaram que a noite já ia longe. Então, o fazendeiro insistiu com o facultativo para que pousasse, pois era tarde.

Dr. Eusébio aguardava ansioso aquele convite, somente dessa forma teria a oportunidade de voltar a falar com a jovem e acertar melhor os detalhes do plano, cuja primeira parte fora aquela: conseguir que ela fosse para a cidade a fim de terminar o tratamento, inclusive a restauração do dente. Na cidade, seria mais fácil prosseguir o desenvolvimento do plano.

Ao voltar ao quarto de Daísa, recomendou-lhe prudência nas palavras e que simulasse estar arrependida do namoro e até disposta a se compromissar com outro moço. Precisava fingir esquecimento, caso contrário não teria nenhuma chance de vê-lo outra vez. Seria essa a única maneira de ganhar a confiança da família, principalmente de Dona Sílvia que, por recomendações de Portela, certamente não afrouxaria a vigilância, inclusive por intermédio de outras pessoas espiãs.

No dia seguinte, após novas massagens no rosto, cuja cor já voltava, e mais um curativo no dente, o médico despediu-se, recomendando que a levassem à cidade.

Alguns dias depois, já completamente restabelecida, com exceção do dente que fora quebrado, Daísa chegou à residência da tia que a aguardava. E, no dia seguinte, foi levada ao consultório do Dr. Eusébio. Mas ao chegar junto à mesa destinada a exames, a jovem quase desmaiou com gemidos baixos que assustaram até o médico. Porém, ninguém ficou sabendo se foi emoção ou dissimulação. A tia, que viera em sua companhia, começou a rezar fervorosamente. Após alguns minutos de preocupação, e com a ausência da tia, que tinha saído por instantes, o médico voltou a expor detalhes do plano.

— Mas tenha cuidado! Meu nome não pode aparecer de modo nenhum. Deve seguir as instruções que lhe dei e se preparar para qualquer eventualidade, inclusive para o risco de ser interceptada por capangas de seu pai.

— Pode confiar em mim. Não renunciarei o meu amor por Alberto. Se morrer, simplesmente morrerei!

— Terminando o tratamento do dente, eu lhe darei alta e você voltará para casa de seu pai. E, conforme o que planejamos, em ocasião apropriada mandarei um rapaz de minha confiança comprar uma novilha lá na fazenda, onde deverá encontrar a moça mais linda da região que é justamente a filha do seu Jerônimo Portela. Ela corresponderá aos olhares do jovem e até lhe dará uma piscadinha com longo aperto de mãos à hora da saída.

— Quer dizer que eu terei de fingir gostar do moço?

— Sim, senhora. É parte do plano, e ele sabe disso. Não precisa se preocupar. Faça a sua parte e deixe o resto por nossa conta.

Quando Dona Sílvia voltou ao consultório, Daísa estava muito abatida, esfregando as mãos no rosto e pedindo que a levassem para casa.

— Ela melhorou, doutor?

— Foi uma pequena crise, natural em casos como esses de envolvimento emocional. Levem-na ao dentista amanhã. E que o tratamento seja feito o mais rápido possível, guardadas as conveniências técnico-profissionais. Dizendo essas palavras, o Dr. Eusébio recomendou à Dona Sílvia que a tratasse com carinho e não a contrariasse.

— Com o tempo isso poderá passar, inclusive a paixão — afirmou.

— Que Deus confirme as suas palavras — falou Dona Sílvia, preocupada com as recomendações do facultativo.

No dia seguinte, Daísa foi levada ao dentista, que depois de tirar as radiografias iniciou o tratamento.

O dentista eficiente conseguiu aproveitar a raiz, adaptando uma coroa de ouro, que aparecia quando Daísa sorria, mostrando os outros dentes claros e bem dispostos. Aquela coroa seria uma recordação da violência que sofrera por haver confessado seu grande amor por Alberto Mont'Alvão.

Em casa de Dona Sílvia, era bem tratada, mas se conservava num mutismo enervante. Quando o tratamento já estava sendo concluído, a jovem começou a demonstrar alegria e até a sair para passear por jardins, lojas, e a ir às missas.

O Dr. Eusébio, procurando encaminhar a execução do plano, aconselhou-a que voltasse logo para casa dos pais. Já em companhia dos genitores, Daísa voltou aos poucos à rotina de trabalho. Tornou-se alegre e comunicativa, inclusive com Margarida, com quem estava de relações rompidas. Vendo a disposição da filha, seu Jerônimo também recuperou a alegria e até cantarolava as suas modinhas antigas.

Um mês após o regresso da moça, chegaram à fazenda uns moços da cidade. Vieram num velho Chevrolet Ramona. Recebidos pelo fazendeiro, declinaram o motivo da visita: pretendiam comprar uma novilha para um churrasco. Combinado o preço e feito o negócio, marcaram o dia da entrega, esclarecendo ao fazendeiro que o animal era para um amigo. Mas o que fez com que seu Jerônimo exultasse de alegria foi o fato de observar a palestra animada que um dos jovens manifestava com Daísa. Por sinal, filho de um dos maiores comerciantes da cidade. E, na despedida, pôde ver que o rapaz, olhando ternamente para a moça, tomou a sua mão e beijou-a, enquanto ela envolvia as duas mãos do moço.

Essa atitude da filha teve um efeito extraordinário no espírito do fazendeiro. Estava feliz, pois o rapaz robusto e bonitão se desmanchava em palavras e risos, no que era correspondido por Daísa. Margarida também observou a desenvoltura da patroa naquele namoro saliente, ostensivo e animado.

— Será que tô vendo coisa? Será que ela tá mesmo gostando daquele moço? Não entendo mais nada, credo!

À noite, assentados na cozinha, Portela chamou a filha e puxou-a bem para junto de si e, alisando-lhe os cabelos bonitos e sedosos, perguntou-lhe com voz calma e compassada:

— Milha filha, você me perdoa no tocante à violência que pratiquei?

— Já o perdoei, meu pai, pois sei que o senhor tem também as suas razões. Compreendo que a sua atitude é resultante do zelo que tem por mim. Não o maldigo.

— E com relação àquele rapaz que veio hoje aqui, o que você acha?

— Acho-o muito bonito; um bom partido para qualquer moça.

— E pra você também — completou o fazendeiro.

Depois de uma pequena pausa voltou a falar:

— O moço é bonito e de futuro.

Daísa não respondeu. Seu Jerônimo continuou a acariciar os cabelos da filha e depois perguntou à esposa, Dona Genoveva:

— Esta menina não é um pouco parecida com Doroty Lamour, aquela artista de cinema?

— Ora, deixa de exagero, meu velho! Nem tanto.

CAPÍTULO XII

A Fuga da Fazendeira

Em atendimento à recomendação do médico, Daísa foi levada à cidade a fim de ser examinada. No consultório, na presença do pai, o Dr. Eusébio procedia a uma massagem tão rigorosa que deixava a moça com a face enrubescida. E seu Portela, ao ver a filha naquela situação, pensava: "Quase matei minha filha!"

Como a maioria das mulheres, Daísa sabia dissimular, gemendo de dor, enquanto o médico aliviava a pressão das mãos, dizendo:

— Seu rosto não pode ficar deformado, minha filha.

Nas repetidas vezes em que a moça foi à cidade para proceder ao tratamento, ia levando consigo os objetos de uso pessoal, embrulhados ou em pequenas malas, inclusive roupas. Até um cofre velho, que fora oferecido por um fazendeiro, seu padrinho, cheio de moedas e cédulas acumuladas durante vários anos, foi conduzido para a residência da tia Sílvia, onde ficou bem escondido.

Alguns dias depois, Dr. Eusébio a declarou completamente recuperada. A coroa de ouro colocada no dente que fora quebrado pelo murro que o pai lhe aplicara a tornava mais bonita, recordando o tratamento que o mesmo lhe dera naquela reunião no porão da fazenda. Para Daísa, as palavras do médico tinham o sentido de um código que somente ela entendia.

Já em casa, o pai amoroso e intransigente queria vê-la afastada do caso com o padre Mont'Alvão. E, na sua alegria, falava aos camaradas que brevemente a filha estaria noiva do filho do seu José Filipe, o maior comerciante de cereais daquele município.

Em parte, Portela tinha razão, pois na penúltima vez em que levara a filha à cidade, teve a agradável surpresa de encontrá-la em palestra animada com o filho do comerciante, fato que ocorreu justamente próximo à residência da cunhada, Dona Sílvia. E o rapaz era o mesmo que havia ido comprar a novilha na fazenda. Para seu Jerônimo, aquilo era a continuação do namoro lá iniciado.

Para Margarida, a notícia do noivado da patroinha com o filho do comerciante José Felipe foi um impacto. A empregada não podia compreender a situação, aquela reviravolta. E não se conformava.

— Não é possível! Então ela, que quase morreu esbofeteada pelo pai justamente por haver confirmado seu amor pelo padre, agora se apaixona por outro? Isso é errado! O pobre do padre foi transferido pra outra paróquia, e agora simplesmente ela namora outro. Sou empregada, mas ela vai ouvir umas verdades. Vou falar com ela, e como uma moça, não na condição de sua empregada. Afinal de contas eu também fui envolvida nesse negócio. E creio que mulher deve honrar a saia que veste.

Numa tarde, quando Daísa descia ao fundo do pasto em direção a uns pés de laranjeiras, àquela época carregadas de frutos maduros, Margarida seguiu-lhe os passos de perto. Ao perceber a presença da serviçal, Daísa voltou-se um tanto aborrecida, dizendo-lhe:

— Por que veio atrás de mim? Quero ficar sozinha. Preciso pensar.

— Uái, não sabia que pra pensar precisava ficar debaixo das laranjeiras. Que é de sua jura de amor pelo padre Mont'Alvão? Já se esqueceu? Pensei que você fosse mais firme.

— Não admito que fale assim comigo. Reconheça seu lugar. Vá apanhar as laranjas que derrubei, e vamos deixar de conversas! Basta o mal que você me causou.

— Não vou catar laranjas, nem deixo de conversa. Agora tô falando é como mulher, como moça pobre, mas moça como você. Eu não lhe causei nenhum mal com respeito àquele assunto, só falei a verdade que você não pôde negar. Aliás, não negou. E isso, cedo ou tarde, teria de ser descoberto. Você tem de explicar essa história do namoro com o outro. Onde já se viu? Depois de sofrer tanto, arranja outro namorado. A não ser que tudo não passe de um truque seu para despistar. Porém se não for truque, então é quase uma infidelidade, porque você mesma falou que ele pretende deixar a batina pra se casar. Contudo, eu respeito e até compreendo, se você estiver de fato querendo despistar. Estou ao seu lado e pode contar comigo, mesmo para enfrentar o perigo. E neste momento quero que você diga a verdade com toda a sinceridade do coração e da sua alma. Não gosta mais do padre Mont'Alvão?

Ao ouvir aquela pergunta, que era mais uma intimação e a exigência de uma retratação, Daísa baixou a cabeça e, levando as mãos trêmulas sobre o rosto corado, chorou soluçando, com um estremecimento que fazia balançar o corpo todo.

Depois de alguns minutos, a moça enxugou os olhos com a manga da blusa, ordenando a Margarida:

— Apanhe as laranjas, e vamos embora, que o Sol já se pôs.

A empregada entendeu tudo. E, enquanto também enxugava os olhos com a barra do vestido de voile barato, ia apanhando as laranjas. Quando ambas subiam vagarosamente em direção à casa grande da fazenda, Daísa, mais calma, passou as mãos pela cabeça, arrumando os cabelos. Porém, antes de alcançarem a parte do terreiro em frente da cozinha, parou e falou baixinho, quase aos ouvido de Margarida:

— Não tenho namoro com aquele rapaz, nem gosto dele. Você saberá de tudo mais tarde. Espere com paciência.

Ao ouvir aquelas palavras, a empregada largou as laranjas no chão e abraçou demoradamente a patroa, reafirmando:

— Pode contar comigo, pois eu reconheço que sou faladeira, mas não traidora. Estou às suas ordens para o que for preciso!

— Bico calado — respondeu Daísa. — E se precisar de ajuda, mando avisá-la.

— Pode mandar quando quiser, até por intermédio de Saturnino.

— E se ele nos trair?

— Não fará isso. É homem direito. E por mim está disposto a tudo.

— Ele gosta muito de você? E você o ama também? — indagou Daísa.

— Sim, eu gosto muito daquele ordinário, apesar de fingir o contrário. E outra coisa, Daísa, eu sou feia, mas quero bem a você e hei de provar isso no momento oportuno.

— Você não é feia, Margarida. Apenas, fala um pouco demais.

Ao entrarem na cozinha, a empregada voltou a falar:

— Você é linda, Daísa. É a moça mais bonita destas redondezas, por isso é que o padre perdeu a cabeça por sua causa.

— Mas ele também é bonito, simpático, um amor. Não acha, Margarida?

— Acho, sim. É lindo! Devia ser artista de cinema.

— Não exagere.

— Não queria saber minha opinião?

"Essa caboclinha é de uma intuição fora do comum" pensou Daísa, ao entrar na cozinha.

Sábado à tarde, Daísa chamou Margarida para pedir-lhe que a acompanhasse à cidade no domingo. Logo pela manhã cedo, Portela preparou condução para os três: ele, a filha e Margarida. Já em casa da tia, a fazendeira se mostrava alegre e comunicativa. Após trocar o vestido e fazer uma toalete que a tornava mais linda, seguiu para a igreja, sempre acompanhada de Margarida.

Depois da missa, enquanto ficou palestrando com o suposto namorado, que a aguardava no patamar da igreja, entregou a Margarida um bilhete para que o levasse ao Dr. Eusébio. Entre outras frases, o bilhete dizia:

> O remédio que o senhor encomendou para mim já chegou, ou devo esperar mais?

E o médico respondeu:

> Seu remédio deverá chegar hoje à noite, antes da reza, e o outro ficará à sua disposição na farmácia daquela cidade.
>
> Procure tomá-lo na hora indicada, tudo de acordo com a bula, ou seja: início amanhã cedo, na hora da missa.

Na volta ao encontro de Daísa, Margarida, não podendo suportar a curiosidade, tentou ler o bilhete. E, após soletrar um pouco, leu. Mas não entendeu nada. O bilhete era simples. Apenas uma recomendação do médico. Contudo, a empregada, perspicaz como era, sentia que havia algo naquele bilhete que somente Daísa poderia entender, por exemplo, aquele negócio de tomar remédio em hora certa. Ela não estava mais doente, o próprio Dr. Eusébio o dissera.

No horário da reza, à noite, quando todos saíram, o Dr. Gerôncio chegou à residência do Dr. Eusébio acompanhado de um irmão deste, que fora colega de faculdade e agora residia na mesma cidade onde situava-se a nova paróquia do padre Mont'Alvão. O Dr. Eusébio, que o esperava com ansiedade, teve a satisfação de ver o mano, que em companhia do Dr. Gerôncio o visitava depois de tantos anos de ausência. Como sua esposa houvesse ido à reza, o Dr. Eusébio abriu logo o assunto, indagando do Dr. Gerôncio se as coisas estavam preparadas segundo o plano traçado.

— Aqui, Dr. Gerôncio, a encomenda está preparada e à sua espera.

— E quando poderei levá-la comigo? — perguntou o agrônomo.

— Amanhã cedo, enquanto os outros forem à missa das seis, será deixado um bilhete para Dona Sílvia, avisando-a de que a encomenda estará em meu escritório. E depois, quando constatarem a falta da encomenda, eu vou ajudar o seu dono a procurá-la, e o farei com todo empenho. E você, Dr. Gerôncio, deve procurar um lugar seguro para deixá-la, porque se o dono a encontrar poderá praticar violência pior do que aquela já consumada.

— Eu sei. Mas já tomei as providências necessárias. E não tenho medo de violência. Se tentar agir com brutalidade, será contido até à bala. Não permitirei que minha sobrinha seja vítima de tanta insensatez e preconceitos ultrapassados. O moço gosta dela, e ela o ama. Então vamos ajudá-los. Desde que sejam respeitados os princípios da moral.

Dr. Eusébio baixou a cabeça preocupado e disse ao Dr. Gerôncio:

— Tome conta da moça. Ela está em suas mãos.

— Deve agir com rapidez. O casamento é nó dado. Pior do que o nó górdio. E aqui farei tudo para ajudar o seu cunhado a encontrar a filha, inclusive ministrando-lhe os calmantes indicados.

— Trouxe condução própria? — perguntou o Dr. Eusébio.

— Trouxe o meu carro, e o seu mano irá dirigindo. Além disso, por via das dúvidas, trouxe também o meu ajudante, que é ligeiro no gatilho. Pessoalmente, não gosto de violência, mas para prevenir trago também o meu 38. E, levantando o paletó, exibiu ao Dr. Eusébio o revólver niquelado, cano longo.

— Não haverá necessidade disso! — falou o médico.

— Acredito que não haja, contudo é melhor prevenir do que remediar — retrucou o Dr. Gerôncio com calma.

Naquela noite, após a reza, Portela regressou à fazenda, levando Margarida consigo e deixando a filha em companhia de Dona Sílvia, que assistira ao namoro firme da sobrinha com o filho do seu José Felipe.

Quando o Dr. Gerôncio chegou em casa da mana Sílvia, não encontrou mais o cunhado. Daísa, que estava se trocando no quarto, foi chamada pela tia para que viesse tomar a bênção do tio Gerôncio. Propositadamente, a jovem não trocou muitas palavras com o tio, que era tido como maçom e livre-pensador.

Quando a moça foi para o quarto, Dona Sílvia procurou contar o caso da sobrinha com o padre Mont'Alvão. O Dr. Gerôncio mostrou-se surpreso e até assustado. Depois de ouvir tudo, falou:

— Francamente, não creio que o padre Mont'alvão tenha se envolvido com minha sobrinha. Ele é um moço direito, sacerdote e cumpridor dos seus deveres. Enfim, um padre correto.

— Infelizmente, meu mano, o caso aconteceu mesmo, e minha sobrinha ficou loucamente apaixonada por ele. E dizem que ele também por ela. Não sei, Deus o sabe.

— Se estão apaixonados, como você diz, por que não se casam? O fato de ser padre não o impede de se casar. O que não deve fazer é proceder como alguns clérigos, que deixam seus filhos com mulheres e filhas dos outros, com a intenção de não registrá-los.

— Você ataca muito a Igreja Católica, Gerôncio.

— Eu não ataco a Igreja Católica, mas os seus erros. Você, como boa católica, acha que está certo padres ou bispos deixarem filhos por aí, por que não podem se casar? Quer dizer que casar, ter esposa não pode? Mas ter amantes e filhos bastardos pode? É por isso que não sou católico.

Encerrando a conversa, Dr. Gerôncio chamou a sobrinha e indagou-lhe com interesse:

— Soube que esteve doente. Já sarou? E onde está o remédio que o médico passou para você? Traga para eu ver.

Indo ao quarto, Daísa trouxe dois vidros, mostrando ao tio e explicando:

— Este aqui eu terei de tomar amanhã cedo e ir ao consultório do médico, o outro, farei uso segundo as instruções que ele der.

— E você está preparada para usar o remédio, inclusive já comunicou a sua tia que terá de ir logo cedo ao consultório do médico?

— Estou preparada, sim senhor. Mas eu irei ao médico depois que ela voltar da missa.

Daísa entendeu tudo. O tio queria que ela estivesse preparada para sair logo que a tia fosse para a igreja.

Às cinco horas da manhã, a jovem estava de pé, preparando a mala com as roupas e objetos de uso.

Quando Dona Sílvia saiu para a missa, Dr. Gerôncio fingia dormir a sono solto. Ela, porém, antes de sair, chegou até a porta do quarto da sobrinha e disse-lhe:

— Vá ao consultório do médico. Mas tome o remédio antes.

— Sim, senhora — respondeu Daísa.

Quando Dona Sílvia dobrou a primeira esquina, o Dr. Gerôncio saltou da cama e após vestir-se chamou a sobrinha, recomendando-lhe para que trouxesse as malas e sacos.

Trancando a canastra, jogou a chave num buraco do assoalho do quarto e quando saiu apressada, já encontrou o tio que a aguardava na porta da saída. E, assim que chegaram junto ao carro, o chofer e o companheiro já os esperavam em prontidão. Tendo guardado a bagagem no porta-malas, determinou à sobrinha que se assentasse ao seu lado, na frente, e o companheiro, sempre prevenido, ficasse no banco traseiro e com toda vigilância.

Na meia-escuridão do amanhecer, os poucos transeuntes apressados nada desconfiaram nem descobriram. Já na estrada, o agrônomo perguntou à jovem como se sentia. E ela, com a cabeça coberta com um lenço grande e preto e um chapéu de palha desabado sobre o rosto, respondeu que a emoção da felicidade a deixava nervosa, mas não com medo.

O Dr. Gerôncio era homem alegre, brincalhão e gostava de envolver-se em aventuras como as daquele tipo. Certa feita vestiu-se de soldado de polícia e, com uma máscara carnavalesca, acompanhou um colega que pretendia raptar a filha de um alto funcionário público, mas a moça, à última hora, perdeu a coragem e pôs tudo a perder. Os cães de guarda da residência do funcionário não respeitaram a farda nem a máscara, avançando numa ferocidade terrível que só pôde ser aplacada com muitos tiros. E só dessa forma conseguiu cobrir a retirada do raptor. As autoridades nunca conseguiram descobrir quem foi o soldado que ajudara na tentativa do rapto da jovem. E ficou por isso mesmo.

Como profissional, o Dr. Gerôncio era muito respeitado na região. Era homem rico, mas sem apego ao dinheiro. Sua dificuldade maior era com o clero romano, que o considerava ateu e protestante disfarçado. Mas ele não era nem uma coisa nem outra. Cria em Deus, respeitava, mas não praticava religião. Preferia ter um encontro com Jesus, seguindo um conselho da velha Joana, sua lavadeira, que era membro de uma igreja pentecostal. A velha não lhe dava sossego:

— Seu doutô Geronço, o senhor precisa é tê um encontro com Jesus (que ela pronunciava *Jesuis*).

Já muito distante, pararam para um pequeno descanso. Tinham andado muitos quilômetros. Enquanto comiam, o Dr. Gerôncio deu instruções:

— Os papéis já foram postos no cartório e os proclamas estão afixados no local determinado por lei; o noivo já deixou o emprego. No dia em que dei entrada nos papéis, o rapaz pediu demissão. E você não irá para minha casa hoje. Eu a levarei para casa de um cunhado, irmão de minha esposa. Fica a uns quarenta quilômetros daqui. Lá estará segura, e o Gonçalo será nosso elemento de ligação. Os recados serão sempre em código:

— Caso se diga: "O batizado será em tal dia", isso significará a data do casamento. Se disser: "O caçador anda por perto", significa que seu pai está por perto ou a caminho do esconderijo. No caso de seu pai aparecer inesperadamente, então corra e se esconda no lugar que meu cunhado indicará. Naquele esconderijo, nem ele nem outra pessoa poderá encontrá-la. E, dessa hora em diante, não admito que volte para casa de seu pai, a não ser casada com Mont'Alvão. E, se ele recuar, pagará muito caro. Mas não creio que seja homem de proceder dessa maneira. Pode ficar tranqüila que o Portela não irá encontrála, porque nem o padre sabe onde você está escondida.

— Meu tio, eu lhe peço que não use de violência com o meu pai, eu o quero muito.

— Tomarei as precauções e apenas usarei de violência se for atacado ou desrespeitado.

Ao entrar no curral da fazenda do cunhado, cuja porteira fora aberta ao máximo, a fim de dar passagem ao carro, o agrônomo, puxando a sobrinha pelo braço, entrou com desenvoltura na sala, onde todos aguardavam. Além do cunhado com a esposa, estavam alguns homens armados de rifles 44. Após os cumprimentos, o Dr. Gerôncio falou com um sorriso aberto:

— Aqui está a caça, a dor de cabeça do seu vigário. Não deixem que ela seja roubada. Daqui deverá sair somente para o pretório, e bem acompanhada.

— Pode deixar comigo — respondeu o outro com voz firme. — Ninguém a levará, nem a preço de sangue.

Depois, voltando-se para a esposa, determinou que a conduzissem ao quarto que lhe havia sido destinado.

Ainda na sala, Daísa retirou o lenço e o chapéu que lhe serviram de disfarce, despertando olhares admiradores dos que lhe contemplaram o rosto e os cabelos lindos. A dona da casa, numa exclamação alta, declarou:

— Como é linda! O padre tem razão! Não conheço moça tão bonita por estes lugares.

Daísa sorriu com ar encabulado e ingênuo. E o agrônomo, com uma piscada de olhos, falou:

— É minha sobrinha. Você tem razão.

— Não seja tão vaidoso, Gerôncio — respondeu-lhe o cunhado em tom de censura.

— Vaidoso, por quê? Ela se parece comigo.

— De fato, Daísa se parece muito com o tio. O olhar, os cabelos e até alguns gestos — confirmou a dona da casa. — E Deus queira que tudo dê certo — resmungou com ar preocupado, enquanto levava a jovem para o quarto.

— Depois de amanhã, completa-se o prazo dos proclamas — continuou o Dr. Gerôncio. E vocês deverão conduzir a moça até a minha residência. E da minha casa terei o prazer de levá-la ao fórum. E, quanto aos noivos, ao juiz e ao oficial, terão a maior surpresa, pois não conhecem o padre pelo seu prenome, e tivemos o cuidado de dar outra profissão.

Convidando os companheiros, isto é, o irmão do Dr. Eusébio e o Gonçalo, despediu-se e saiu apressado. Em casa, à noite, expôs a Mont'Alvão a situação em que se encontrava o plano, mas omitiu o local onde Daísa se achava.

Alberto não conseguia esconder a euforia, ao saber que Daísa se encontrava em lugar seguro e disposta a casar-se com ele. O Dr. Gerôncio o havia aconselhado a agir discretamente, passeando pouco pela cidade.

Mont' Alvão era um padre pobre. Tinha poucas economias e apenas dois ternos. Mas o agrônomo já havia providenciado um terno novo e bonito para o seu casamento, que deveria ser somente no civil.

— Convém tomar cuidado! — recomendou o Dr. Gerôncio. — Ande pouco e fale menos ainda. Na cidade já correm notícias desencontradas a seu respeito. E há dois perigos para os quais você deve atentar bem: primeiro, é o pai de Daísa, que se o apanhar sozinho poderá usar de violência; segundo, é o próprio clero. Você sabe que fatos estranhos têm ocorrido com padres que se atrevem a deixar a batina. Não faz muitos anos, em uma cidade do Brasil, o bispo diocesano, que hoje é cardeal, mandou espancar barbaramente um sacerdote que deixara a batina. O pobre padre quase morreu de apanhar, não somente por haver abandonado o ministério mas, sobretudo, por ter se recusado a assinar um documento que o comprometeria.

— Felizmente, seu caso não envolve questão doutrinária.

— Não tenho medo — respondeu o sacerdote, calmamente. — Todavia, aceito seu conselho. Estou disposto não somente a defender minha integridade física como o meu amor por Daísa. Não pretendo decepcioná-la. Se o seu pai me agredir, hei de procurar contê-lo; porém, se houver interferência de terceiros, de capangas, por exemplo, a situação tomará outro rumo.

— É isso que esperava de você. Faremos tudo com rapidez e precaução. Você só verá a noiva quando chegarmos ao pretório e, após o casamento, permanecerão em minha casa até o dia da viagem, que deverá ser para a capital. Eu lhes fornecerei algum recurso financeiro e lá ficarão num hotel de um amigo. Recomendá-lo-ei a firmas onde conseguirá emprego até que o futuro decida melhor a situação de vocês. "Quem casa, quer casa", diz o adágio popular. Você terá um trabalho condizente com o seu nível de instrução.

CAPÍTULO XIII

O Casamento do Padre

No dia seguinte ao da palestra com Mont'Alvão, o Dr. Gerôncio recebeu um telegrama com um pseudônimo, que dizia:

CAÇADOR DESESPERADO PROCURA CAÇA VG AMEAÇANDO MORTE ET PROCESSO VG AGUARDE SUA CHEGADA ACOMPANHADO SATURNINO ET OUTRAS PESSOAS PT

O telegrama não causou maiores preocupações ao agrônomo, que estava certo da reação de Portela. Mas o fazendeiro foi de uma infelicidade nunca vista. Embora contando com a ajuda espontânea do Dr. Eusébio, ele não conseguia descobrir o paradeiro da filha. E, somente depois de procurá-la em casa de todos os parentes e telegrafar para o delegado da paróquia de Mont'Alvão, resolveu viajar a fim de encontrar-se com o Dr. Gerôncio, seu cunhado. E agora o fazia na certeza de que tinha sido ele o raptor de Daísa.

Decepcionado com tantos reveses, sentiu-se mal durante a viagem, o que obrigou o Dr. Eusébio a ministrar-lhe cuidadosamente um calmante que o fez dormir até chegar à residência do cunhado, o qual o recebeu com muita amabilidade. Ainda zonzo pelo efeito do calmante, seu Jerônimo se recusou a sentar-se no sofá espaçoso que lhe foi oferecido para descansar da viagem. E, espumando pelos cantos da boca, de dedo em riste, irado e ameaçando sacar o revólver, gritou para o cunhado:

— Onde minha filha está?

Naquele momento, Gonçalo tomou posição junto ao Dr. Gerôncio e vigiou o Saturnino, que acompanhava os gestos dramáticos do fazendeiro.

— Qual das filhas, Jerônimo? Você tem duas. Aliás, ia me esquecendo, Daísa já completou vinte e um anos e nem mandamos um telegrama. Que coisa! Como é que a gente se esquece assim!

— Não se faça de desentendido, Gerôncio. Você raptou Daísa! Quero minha filha de volta!

— Ela já tem maioridade civil, Jerônimo! Você não poderá impedi-la de casar-se com quem quiser — e, fingindo compreender o ódio do cunhado, Gerôncio determinou a Saturnino que procurasse a moça em todos os cômodos da casa. Embaixo das camas, na despensa, em toda a parte.

Dando cumprimento à autorização do agrônomo, Saturnino sacou o revólver e procurou em todos os lugares. Até no quintal. E nada de Daísa. Os dois homens, calados, se miravam um ao outro, como dois galos de briga. Gerôncio mantinha-se em perfeita calma, mas os olhos de Portela faiscavam de ódio. O dono da casa apenas deu um sinal de olhos a Gonçalo, que se colocou atrás da porta por onde Saturnino deveria passar ao voltar da caçada.

Após a busca, que foi rigorosa, Saturnino voltou para a sala, observando que os dois homens estavam em situação tensa, em perigo de se pegarem em luta corpo a corpo.

Ao pretender entrar na sala, o camarada de Portela foi surpreendido por Gonçalo que lhe encostou o cano do revólver na costela e ordenou:

— Guarde o revólver e não se meta na questão dos patrões. Eles são parentes e são brancos. Que se entendam! E aqui não é lugar de puxar arma, seu moço. Onde já se viu procurar uma moça com revólver na mão!

Apanhado de surpresa, Saturnino baixou a arma, guardando-a no coldre. E, olhando firme para o outro, disse:

— Guarde a sua também, senão puxo a minha de novo, e pra valê.

— Experimente puxar pra valer, porque a minha está no jeito.

— Então, vamos brigar lá fora — respondeu Saturnino.

— Eu não te conheço e não tenho questão com você. Não tenho o costume de brigar, mas de atirar pra ferir ou matar, dependendo da circunstância.

Ao ouvir aquelas palavras, Saturnino compreendeu que estava tratando com um assassino profissional. Mas ele não era pistoleiro, era um homem de coragem e capaz de enfrentar dois ou três numa briga. Na sua costumeira precipitação, Portela, ao ver o seu cabra subjugado, gritou para Gonçalo:

— Guarde já essa arma, seu... senão puxo a minha e esparramo tiro aqui em todo mundo.

Continuando com a arma encostada na costela de Saturnino, Gonçalo respondeu:

— Não guardo, seu Portela. Aqui só recebo ordens do meu patrão, o Dr. Gerôncio! E, se o senhor tentar puxar sua arma, atiro neste moço.

Portela mordeu os lábios, enquanto o Dr. Gerôncio percebeu o rumo que as coisas podiam tomar, por isso segurou uma cadeira para atirar no cunhado, se este fizesse qualquer gesto suspeito. E deu sinal para que Gonçalo segurasse apenas o Saturnino.

A dona da casa jazia caída na sala, desmaiada. E Gerôncio, dirigindo-se a Gonçalo, determinou:

— Tire as armas desse moço — que era Saturnino — e traga-o para sala. Meu cunhado Portela está habituado a praticar suas bravatas com todo mundo e ficar sempre triunfante, mas desta vez ele aprenderá uma lição. Saberá que contra violência eu darei violência e meia. Não deixo por menos!

Pigarreando, Gonçalo falou ao patrão:

— Dr. Gerôncio, eu não vou tirar as armas deste moço. Ele é um homem direito e de coragem. Não usará suas armas contra nós.

O agrônomo, que conhecia bem a Gonçalo, falou-lhe:

— Fica por sua conta; se ele fizer alguma coisa, você responderá pelas conseqüências.

— Respondo, sim, senhor.

E, retirando o revólver que comprimia a costela de Saturnino, Gonçalo tomou-o pelo braço com delicadeza e o conduziu ao meio da sala. Lá se assentaram os dois juntos e começaram a conversar baixinho. Gonçalo foi o primeiro a começar a falar:

— Isso é questão de família. Vamos vigiar para os dois não entrarem em briga feia. Sabe, com armas. Amanhã eles estão de bem novamente, e a gente é que fica mal. E, quanto à moça, ela pode se casar com o padre. Já é maior. Esse negócio de querer proibir a filha é bobagem do seu Portela. Que é que tem o padre casar com a menina?

— Também acho. Seu Jerônimo não tem razão pra ficá com essas brabezas.

— E você não o viu, lá na casinha do quintal?

— Vi, sim — respondeu Saturnino. — Mas fingi que não vi.

— Depois que coloquei o revólver na sua cintura, eu me lembrei que o padre estava escondido lá e que, se você não o trouxe, era porque estava do lado certo.

— Ele me viu e até sorriu pra mim.

Naquele momento, o camarada do Dr. Gerôncio tornou-se amigo de Saturnino. E o Gonçalo voltou a falar:

— Sabe de uma coisa, logo que a gente acabar este serviço, vamos tomar umas cervejas lá no bar. Eles que briguem sozinhos! Não adianta a teimosia do seu Portela, a moça está escondida e vai mesmo se casar com o padre.

— É isso mesmo! — confirmou Saturnino, já com desejo de tomar umas pingas. — Mas e a dona vai ficá caída desse jeito aí na sala?

— Esse assunto é com o Dr. Gerôncio.

Com a saída dos dois capangas, a atmosfera aliviou-se.

Portela pôde sentir, pela primeira vez na sua vida de homem truculento, a ameaça de uma reação de resultados imprevisíveis. E Saturnino, seu homem de confiança, estava neutralizado pela ação do outro jagunço, que não era mesmo boa bisca. Além disso, Daísa não fora encontrada na residência do cunhado. Portanto, não conseguiria um flagrante. E a mulher do Dr. Gerôncio permanecia estendida, desmaiada no assoalho. Um quadro deprimente.

Portela tomou a iniciativa:

— Afinal, para onde você levou a minha filha, Gerôncio? Você não tem juízo? Sabe que posso encontrá-la até com o uso de violência?

— Experimente encontrá-la! Previno-o de que se usar de violência, como disse, terá de enfrentar violência e meia! E nesta cidade tenho prestígio suficiente para contornar situações. E cientifico-o de que sua filha e o noivo estão sob minha proteção. E não recuarei mais um passo. Portanto, meça bem as atitudes e os passos que pretende dar.

— Então, confessa que a raptou para casá-la com o padre?

— Com o padre, não! Com o ex-padre. Ele já deixou a batina. E Daísa não está na minha casa, mas você poderá vê-la depois de casada. Caso contrário, não verá sua filha nunca mais. Já tomei as providências adequadas. Os proclamas do casamento já cumpriram o trâmite legal. E você não vai obstaculizar, pois nesse caso o escândalo será maior.

— Não, Gerôncio! Não vou obstaculizar, mas também não quero vê-la nunca mais. Vocês conspiraram contra mim. Até parece que a maçonaria está envolvida nesse assunto.

— A maçonaria, não; talvez maçons para ajudar, exclusivamente.

— Esses maçons são muito misteriosos!

— Também acho — respondeu prontamente o Dr. Gerôncio.

— Viajo amanhã cedo. E só não sigo hoje devido ao meu estado de saúde.

Ao terminar suas palavras, Portela começou a empalidecer. Então, o cunhado o tomou pela mão e o levou ao quarto de hóspedes. Ao tirar o paletó, já assentado à beira do leito, seu Jerônimo falou com tristeza:

— A Sílvia chegou à conclusão de que o namoro de Daísa com o filho do José Filipe não passou de um despistamento.

— É coisa de mocidade, você não deve levar a mal. Sua filha é uma menina distinta.

— Para casar com sacerdote — retrucou Portela, já quase dormindo.

O fazendeiro já dormia sob o efeito do remédio que ainda perdurava. E, ao sair do quarto, o Dr. Gerôncio foi para sala e continuou pensativo: "É a vitória do bom senso contra a insensatez e o preconceito. O amor sincero estava para vencer mais uma batalha".

No outro dia, pela madrugada, Saturnino bateu na porta da sala, chamando o patrão. O fazendeiro levantou-se e não esperou nem o café. Saturnino seguiu apressado, acompanhando o patrão. Dali a poucos minutos, Portela estava com o carro em movimento.

Quando o pai de Daísa assentou-se no carro, ao lado do chofer, todos notaram o acabrunhamento de que achava possuído. Parecia até mais velho. Era um homem abatido e triste.

Na tarde do dia anterior, Saturnino tomava umas pingas e Gonçalo tomava cerveja. Enquanto tomavam as bebidas, Gonçalo voltou a perguntar a Saturnino:

— E se o padre não aceitasse acompanhar você?

— Eu não ia levar à força. Minha noiva, Margarida, me disse para eu não fazê nada com o padre nem com Daísa. E eu não ia fazê.

Ao despedir-se de Gonçalo, Saturnino deixou um recado:

— Fala para a patroinha Daísa que a Margarida manda lembrança e deseja que ela seja muito feliz.

— Vou dar o seu recado com todo prazer — respondeu Gonçalo com visível satisfação.

No dia seguinte, Gonçalo foi procurar o Dr. Gerôncio, a fim de saber as ordens que tinha para aquele dia. E o patrão, sisudo, o informou de que Portela já havia regressado, porém à noite, ou melhor, à tardinha, havia lhe dito tudo sobre a situação da filha; só não disse onde se encontrava.

— Eu também não disse ao Saturnino. Mas, Dr. Gerôncio, e se ele aparecer na hora do casamento?

— Não haverá nada. A moça é maior. Você e os outros camaradas estarão vigiando. E não permitam que ninguém se aproxime da moça ou de Mont'Alvão sem a minha autorização. Nem a polícia!

— Não vai haver reação, porque Saturnino está do nosso lado e se outro se meter, eu o seguro nem que seja no tiro.

— Muito bem. Mas só faça uso da arma em último caso.

No dia seguinte, às dez horas, Daísa chegou à residência do Dr. Gerôncio, acompanhada do hospedeiro com sua esposa, mais duas moças e os camaradas.

Quando Mont'Alvão foi chamado à presença da jovem, esta não pôde conter as lágrimas. Aproximou-se do rapaz, cumprimentando-o com um leve aperto de mão e um olhar sofrido que o fez estremecer. Nas poucas palavras com a moça, fez questão de dizer-lhe que não era mais o homem de batina, mas apenas um rapaz que iria desposá-la. O sol de verão estava a pino, quando o silêncio daquela hora foi perturbado pelo badalar triste do sino da matriz, onde há bem pouco tempo Alberto fora o vigário. E, enquanto aquele som se espalhava pungente pela cidade, Mont'Alvão, acompanhado pelo Dr. Gerôncio e mais três homens, incluindo Gonçalo, subia calmo e a passos vagarosos os degraus da escada do fórum, onde Daísa já o aguardava, acompanhada pelo cunhado de seu tio, duas moças e mais três homens.

Alberto fora colocado ao lado de Daísa. Enquanto o escrivão preparava as últimas anotações no livro, foi chamado pelo seu auxiliar que, pálido, e com voz quase sumida, disse-lhe:

— O senhor já viu quem é o noivo?

— Não. Por quê?

— O noivo é o padre Mont'Alvão.

— Minha Nossa Senhora! Como pode acontecer uma coisa dessas?

E o oficial do cartório, que estava avisado por Gerôncio, respondeu calmamente:

— E o que tem isso? Simplesmente a Igreja Católica já perdeu mais um sacerdote, e porque assim quer. Acabe com essa história de proibir os padres de contrair matrimônio e não terá tanto prejuízo.

Voltando a observar a tristeza e o constrangimento do auxiliar, o escrivão voltou a falar:

— Quem vai se casar neste instante não é nenhum padre, mas simplesmente o cidadão solteiro Alberto Mont'Alvão.

Naquele momento, todos ouviram um boa-tarde alegre e cortês. Era o juiz de paz. Um senhor grisalho e simpático que se trajava com certo esmero, embora sobriamente.

À chegada do juiz, todos se levantaram. E, na porta, discretamente vigilantes, estavam dois homens e, na entrada do edifício do fórum, estavam mais dois: Gonçalo e um outro, os quais observavam atentamente a praça defronte ao pretório.

— Aqui estão as testemunhas, falou o Dr. Gerôncio, indicando o cunhado e uma moça que estava ao lado de Daísa.

— Sim, senhor! — respondeu o escrivão, enquanto procedia às anotações de praxe.

A seguir, o juiz convidou os noivos e testemunhas a se aproximarem da mesa. O escrivão procedeu à leitura do termo e, ato contínuo, o juiz, em voz solene, fez as perguntas:

— O senhor Alberto Mont'Alvão, por sua livre e espontânea vontade, recebe a senhorita Daísa Portela de... por sua...

Com voz firme e clara, Alberto respondeu:

— Sim!

— E a senhorita Daísa, por sua livre e espontânea vontade, recebe o senhor Alberto...

— Sim!

Após as assinaturas no livro e os cumprimentos rápidos, todos se retiraram e, sempre vigiados pelos camaradas, tomaram a condução, seguindo para a residência do Dr. Gerôncio.

Como naquela hora o movimento fosse pequeno, tanto no fórum como nas ruas, o fato não chegou a despertar curiosidade ou formar aglomerações.

Na sala da casa do agrônomo, os convidados os aguardavam com um bolo de casamento, maravilhosamente enfeitado. Não houve almoço nem festa. O que importava era a realização do casamento. E este estava feito na forma que a lei preceitua.

Assentados num sofá, os noivos puderam conversar mais à vontade. Em certo momento, enciumado e curioso, Mont'Alvão indagou:

— Que história foi aquela do namoro com o comprador de novilhas?

— Muito simples, bobinho. Foi uma insinuação do Dr. Eusébio para ver se conseguia que eu o esquecesse. Então resolvi representar um papel. E quando percebi que o rapaz queria levar o assunto a sério, usei de franqueza. Disse-lhe que o amava, isto é, que o meu amor era por você. Então o moço resolveu me ajudar, indo conversar comigo até na porta da igreja, a fim de que me vissem. E o resto você sabe, não é?

— E o filho de José Filipe é neto de padre, pois seu pai é filho de um padre que não pôde desposar sua mãe, embora a amasse sinceramente.

— E o padre que viveu com a mãe do seu José Filipe não foi excomungado?

— Não, nem foi chamado à atenção. O bispo fazia vista grossa, pois o sacerdote era muito obediente.

— Mas você esteja preparado, porque estou certa de que será excomungado. Não propriamente pelo fato de haver se casado, porém pela sua desobediência aos conselhos do bispo.

— Quanto a mim, devo dizer que encontrei na igreja alguns homens de bem, verdadeiros ministros. Contudo, desde que a vi, o curso da minha vida foi completamente mudado.

Daísa sorriu ao ouvir as últimas palavras de Alberto. E, ao fazê-lo, deixou aparecer o dente de ouro, prova inequívoca do seu amor pelo ex-padre Alberto Mont'Alvão. Olhando de perto, Daísa falou com ternura:

— Meu bem, você esteve doente, e como se sente agora?

— Completamente recuperado, pois a minha doença era você. Agora enfrentaremos a vida com fé em Deus. A sorte foi lançada lá na fazenda, como lhe disse. Viajaremos esta noite no trem das vinte e duas horas. Chegaremos à capital ao meio-dia de amanhã. Levarei cartas de recomendações que me facilitarão o encontro de trabalho. Nos primeiros meses, ficaremos numa pensão familiar, cujo proprietário é conhecido do seu tio Gerôncio. Não tenho dinheiro, mas possuo disposição para trabalhar.

— Eu também trabalharei até lavando roupas para fora. Havemos de vencer, com a ajuda de Deus.

Ao dizer aquelas palavras, a jovem fazendeira apertou a mão do esposo junto ao coração, que palpitou de modo significativo. Mont'Alvão entendeu o sentido das palavras da jovem, a sua disposição em ajudá-lo, agora na condição de esposa e companheira das horas certas ou incertas da vida. Era sua mulher legítima!

— Por que o Dr. Eusébio nos ajudou a ponto de correr o risco de se comprometer? — indagou Alberto, pensativo.

— Primeiro, por ser amigo do meu tio; segundo, como médico e psicólogo, chegou à conclusão de que nos completávamos. Por isso, junto com meu tio, armou todo o esquema para a minha fuga — explicou Daísa.

— Tive medo que Saturnino pusesse tudo a perder. Ele é valente e obedece cegamente às ordens do seu pai. Felizmente, tudo deu certo! Ele, ao passar pela casinha no fundo do quintal, onde foi procurá-la, me encontrou lá dentro. Saturnino olhou bem para mim e depois fez um pequeno ar de riso, que correspondi, acenando com a cabeça. Depois foi até ao fundo do muro, olhou tudo e voltou para a sala, onde foi interceptado pelo capanga do seu tio Gerôncio, que encostou um revólver na costela dele, intimando-o a entregar a arma. Mas não chegaram a atirar um no outro. Foi o que eu soube depois. Enquanto isso ocorria, sua tia permanecia estirada no assoalho, desmaiada. Seu pai ficou uma fera, mas ao perceber que seu tio havia preparado um capanga hábil para neutralizar a ação de Saturnino, moderou-se um pouco. Antes, porém, ameaçou sacar a arma já colada em Saturnino. Foi um momento de tensão. De onde eu estava, podia ouvir perfeitamente as palavras quase gritadas do seu pai, mas a energia serena do Dr. Gerôncio conseguiu aliviar a situação, trazendo seu pai à realidade. Depois, os dois se entenderam. Coisa de família e de parentes. Tempestade em copo d'água. Durante as palavras que trocou com Gonçalo, seu pai percebeu que o sujeito não era flor que se cheirasse. O indivíduo era pistoleiro mesmo.

— O importante é que Gonçalo chegou à conclusão de que Saturnino estava do nosso lado, quando o viu chegar sem você e sem mim.

— A Margarida, aquela faladeira que nos denunciou, deu ordens a ele para que não o molestasse, se o encontrasse em algum lugar. Ela prometera me ajudar. E ajudou mesmo! Sou grata por isso. Contudo, diante das providências do meu tio, Saturnino não teria chance de entregá-lo ao meu pai, pois Gonçalo não permitiria. Poderiam ocorrer até mortes, mas você não seria desrespeitado. Eram ordens do meu tio Gerôncio.

Daísa pretendia continuar explicando a posição de Margarida em relação ao plano executado, mas foi interrompida pelo tio, que aproximando-se dos dois, entregou a Mont'Alvão umas cartas. Uma delas era dirigida ao proprietário da pensão, na qual residia quando estudava na faculdade de agronomia, situada na capital.

— Aqui estão as cartas, e se preparem para viajar. Tomarão o primeiro trem que chegará às vinte e duas horas. Queremos evitar qualquer surpresa. Iremos de carro e acompanhados pelo Gonçalo. Procurem a pensão que indiquei. É gente direita, meus amigos. E se mudarem me avisem. Daqui a um ano quero ver o meu sobrinho. E nada de exageros, hein?

Alberto ficou sério e meio desconcertado, pois algumas pessoas ali na sala ouviram o gracejo do Dr. Gerôncio. Daísa olhou para o chão, corada e encabulada. Após algumas horas, despediram-se da dona da casa, que chorava enxugando os olhos cansados. A bagagem e os pacotes foram colocados no porta-malas. Assim, Gonçalo ao lado no banco traseiro e o Dr. Gerôncio ao volante saíram para a estação.

Durante o percurso, Gonçalo rompeu o silêncio:

— Sabe, doutor, vou me casar também. Tenho pensado nesse assunto de ontem para hoje. Ora, o padre deixou até a batina para se casar, e a moça fugiu dos pais, arriscando a vida, pois o seu Jerônimo não é brincadeira! Se ontem ele tivesse apanhado a filha, a teria matado. Não há dúvida. O homem estava furioso. Ele é violento como poucos que tenho conhecido e amoleceu quando viu que Saturnino estava nas minhas mãos. E aquele cabra é valente. Mesmo atirado, podia me pegar ali, e a parada seria dura. E eu, que não tenho problema, vivo assim.

— Faz muito bem — respondeu o Dr. Gerôncio. — Mas já tem a noiva?

— Bem, não tenho noiva, mas tenho uma moça que gosto dela. E ela de mim. E já faz tempo. Uns cinco anos.

— Cinco anos, Gonçalo? E não quer que eu o ajude a raptá-la?

— Não, doutor, não é necessário. O pai dela quer o casamento.

— Então vamos providenciar isso logo, Gonçalo, eu o ajudo, repito. Mas terá de deixar essa vida de...

— Já sei, Doutor. Vou deixar porque a moça agora é crente e disse que enquanto eu andar armado e fazendo estes serviços, ela não conversará comigo. Vou arranjar um emprego seguro e largar esta vida.

— Está muito certo, Gonçalo. E por que não se torna crente também?

— Eu sou muito ruim, doutor. Não presto pra ser crente, mas quem sabe? Vou tentar.

Todos deram parabéns ao Gonçalo, que na exteriorização de sua alegria deu uma gargalhada, impregnando o ambiente com o hálito azedo das bebidas alcoólicas ingeridas durante o dia.

Passados alguns instantes, chegaram à estação. O trem chegou com pouco atraso. Ao despedir-se do tio, Daísa chorou, enquanto ele a afagou, comprimindo-a junto ao peito amigo.

— Agradeço-lhe por tudo que fez por mim, meu tio, que Deus o recompense.

Gonçalo aproximou-se de Mont'Alvão e, com um aperto de mão, disse-lhe:

— Adeus, seu Mont'Alvão! Seja muito feliz e que Deus, Nosso Senhor, o acompanhe! Os abraços entre Alberto e o Dr. Gerôncio foram longos e sentidos. O trem partiu e, de longe, os dois acenavam com as mãos.

CAPÍTULO XIV

A Excomunhão do Padre

Embora felizes, conversaram pouco durante a viagem. Mont'Alvão continuava meditativo. As emoções das últimas horas foram grandes, e somente agora os nervos voltavam à quietude normal.

Daísa, segurando fortemente a mão de Alberto, olhava através da vidraça das janelas, procurando rememorar a saída da casa do pai até chegar àquela viagem que a conduziria a uma vida nova ao lado daquele a quem amava. Em certo momento, sentiu desejo de chorar, mas reteve as lágrimas, a fim de que aquele gesto não fosse interpretado como arrependimento ou desilusão. Aos poucos o sono foi chegando. E ela, afastando uma das mãos do marido, deitou-se no seu colo, onde dormiu com a sensação de segurança e de confiança. Ele, calado e pensativo, não conseguiu conciliar o sono. Cochilou apenas algumas vezes. A nova situação criada em sua vida o preocupava. Sabia que a Igreja era intransigente. Até ali, havia sido simplesmente o padre, o sacerdote cuidadoso no desempenho do seu ministério. Mas Deus o havia de encaminhar.

Na capital, tomaram o carro que os conduziu à pensão indicada e para a qual levavam recomendação. Durante a viagem, combinaram que o tratamento mútuo seria: ela deveria chamá-lo Alberto, simplesmente, e ele a chamaria Dalva, e assim ficou.

Já na pensão, dirigiram-se à portaria pequena e muito limpa. Era um sobrado construído na década de 1920, com dois andares amplos e bem cuidados. Muitos quartos, sendo alguns para casais. Os banheiros eram, como sempre, no fim dos corredores. Mont'Alvão entregou a carta que trouxera do Dr. Gerôncio. O velhinho, dono da pensão, amável e alegre, leu rapidamente a missiva e, após fechá-la com delicadeza, perguntou numa alegria contagiante:

— Como vai aquele safado que não me escreveu mais dando notícias? Está rico e não se lembra mais dos amigos. Já se esqueceu de quando me pedia dinheiro emprestado para ir ao cinema, assistir filmes de Rodolpho Valentino, Greta Garbo e não sei mais quem. E até uma tal de Marlene Dietrich. Gostava de seriados do Buck Jones, do John Wayne e outros que não me lembro mais. Eu tinha que arranjar o dinheiro, se não ficava me amolando. Vou escrever e passar um sabão, para que aprenda a se lembrar dos amigos! Bem, meninos, são casados de novo, não é verdade?

— Somos, senhor. — responderam os dois ao mesmo tempo.

— A casa é sua. Ficarão num quarto maior, no segundo andar. Vou chamar o arrumador. E fiquem à vontade. Vão demorar vários dias?

— Meses, talvez — respondeu Alberto. — E não podemos ficar em quarto caro.

— Não temos quarto caro. E se vocês ficarem devendo, eu cobro do Gerôncio — retrucou com alegria o velhinho, enquanto recomendava os hóspedes ao empregado.

— Como é mesmo a sua graça? — perguntou Alberto.

— Vicente Magalhães. Mas todos me chamam de seu Magalhães. E, como pretendem permanecer por mais tempo, haverá desconto especial.

Seu Vicente, homem de quase setenta anos, há mais de dez possuía aquela pensão. Muitos hóspedes passaram por ali. Uns velhacos não pagavam nem a lavadeira, mas a maioria era correta. Havia tido lutas com estudantes pobres, aos quais sempre ajudava. Mas a pensão produzia lucro suficiente. Assim, além de lotes de terrenos, possuía várias casas de aluguel.

Preenchidas as fichas, o arrumador levou as bagagens para um quarto amplo e bem mobiliado. Agradecendo ao serviçal, Alberto deu-lhe a propina de praxe e perguntou por horários de refeições e demais costumes da casa.

Daísa, que não tinha costume de viagens e hotéis, admirou-se da gorjeta que o marido dera ao serviçal.

— Tudo isso, meu bem?

— Sim, minha filha. Esses empregados de hotéis e pensão são mal remunerados e dependem dos hóspedes. Os hóspedes pagam tudo: todas as despesas do hotel ou pensão e ainda empregados para os donos dessas casas ou indústria. Além disso, vamos morar aqui alguns meses. Essa é a maneira de se conseguir amizade com os empregados.

Seu Magalhães, o proprietário, era viúvo e tinha ali a companhia de uma filha que o ajudava na administração. Os empregados cuidavam da limpeza, do atendimento aos hóspedes e do serviço externo da casa, enquanto a filha chefiava a cozinha onde trabalhava, mas, junto com as cozinheiras. Era mulher direita e trabalhadora, mas o marido era sujeito mulherengo e dificilmente encontrava emprego, vivendo por isso às custas da mulher e do sogro, que o suportava por causa da filha.

Insensata como muitas, casou-se com o homem que dominou-lhe o coração, e agora pagava um preço alto. Ele, muito cínico quando ela reclamava ou censurava-lhe a conduta, respondia na maior sem-vergonhice:

— Você não sabia que eu era assim? Não gostava tanto de mim? Agora agüente!

Após dois dias de descanso e felicidades, Alberto saiu a procurar a firma para cujos diretores trouxera uma carta do Dr. Gerôncio. E na segunda firma onde apresentou a carta foi admitido, mas com a condição de que para continuação por mais de dois meses deveria se submeter a testes que foram rigorosos. Até a secretária particular do diretor, que foi encarregada de o examinar junto com o diretor de pessoal, admirou-se do nível de cultura do novo empregado. E, depois de dois meses, foi designado para chefe do escritório. O ordenado era regular. Muitos o chamavam de Dr. Alberto, mas ele nunca declinou o grau de instrução que possuía. E, modestamente, dizia:

— Tenho instrução, mas não possuo prática; necessito que me ensinem.

Com poucos dias ali na pensão, Daísa era conhecida como a Dona Dalva. E sua simplicidade cativante atraía a amizade de todos. Certo dia, pediu licença para entrar na cozinha e, a seguir, na maior desenvoltura, começou a participar da limpeza. A filha do seu Vicente tentou obstar o gesto, mas não conseguiu. A sua roupa e a de Alberto, ela mesma lavava e passava. Mas, com a chegada de Daísa, Genésio, o genro do proprietário da pensão, passou a permanecer o dia todo em casa. E até se prontificava em ajudar a fazer algum serviço. Mas seu Vicente, homem experiente, desconfiou das gentilezas do genro para com a hóspede. E tinha razão. Um dia em que Alberto telefonara avisando a esposa de que não poderia ir almoçar devido às exigências de serviço, o sujeito, conquistador inveterado, convidou a esposa para almoçarem juntos na mesma mesa com Daísa, coisa que o indivíduo nunca se lembrava de fazer com a esposa. Esta, sentindo-se lisonjeada, deixou todos os afazeres da cozinha, foi ao quarto trocar de roupas, pôs um colar que lhe caía muito bem no peito bem emoldurado e, por fim, passou pó de arroz e até um pouco de perfume nas mãos ásperas. Voltando à janelinha por onde saíam os pratos para as mesas dos hóspedes, deu ordem a uma das empregadas para que servisse à mesa onde pretendia almoçar com Daísa e ao lado do marido, o Genésio.

Durante a refeição, e aproveitando os menores descuidos da esposa, o sujeito lançava olhares apaixonados e lânguidos à hóspede. Em dado momento, pretextou necessitar de um lenço, pedindo à esposa que o fosse buscar. Enquanto a mulher saiu, o malandro tocou forte as pernas de Daísa que, na simplicidade baixou depressa para ver o que estava acontecendo. E, quando levantou a cabeça, encontrou a cara do homem próxima da sua e com os lábios esticados em atitude de convite ao beijo. Naquele instante, o zangão, fingindo consertar a meia conseguiu se aproximar dos ouvidos da hóspeda que olhava ansiosa em direção da porta do quarto onde fora a chefe da cozinha. Insistindo, o sujeito disse:

— Você é irresistível e desde que entrou nesta casa... — E, ato contínuo, levantou uma das pernas, procurando alcançar a coxa de Daísa que, numa reação de ira incontida, levantou-se da mesa, aplicando-lhe um pontapé forte e seco que pegou-lhe em cheio na canela. Foi um chute daqueles.

O crápula se contorceu de dor. E, além do pontapé, Daísa falou séria e irada:

— Vou contar tudo à sua mulher, seu vadio nojento! E saiba que sou bonita pra meu marido. E pra mim, não há outro homem mais simpático nem bonito neste mundo! É melhor que vá trabalhar, seu vagabundo. Cuide de sustentar a família!

A mulher voltava do quarto com o lenço na mão, quando encontrou Daísa em pé, falando com o marido; não chegou a entender nada. E ele, macaco velho, disfarçou da melhor maneira que pôde. Durante a sobremesa tratou a mulher com amabilidade, chamando-a de meu amor. Daísa achou melhor não criar uma situação muito grave, por isso, preferiu calar-se. Porém, ao marido falaria tudo e com detalhes. Contudo, sensata como era, preferiu falar-lhe da conveniência da mudança para uma casa, pois estava grávida e precisava preparar o enxoval. Em momento mais oportuno lhe diria tudo.

Uns dois meses após esses episódios, Mont'Alvão encontrou uma casa, apesar de achar que na pensão estava muito bom.

Certa manhã, quando seu Magalhães voltava da feira, encontrou o genro com um jornal na mão, lendo-o atentamente. Coisa que raramente fazia. Ao chegar à portaria, o sujeito entregou-lhe o jornal com uma das mãos, e com a outra, mostrava vanglorioso:

— Veja aqui esta notícia que ocupa um quarto de página.

— Que há de tão grave assim? — indagou seu Vicente.

— Leia, tome conhecimento de que esse hóspede sisudo e essa dona tão direita não passam de hereges repelidos pela Igreja e pela sociedade. Imagine, ele, um padre excomungado, e ela, filha de um fazendeiro.

— Não vejo crime nisso, nem motivo para que a sociedade os repila — respondeu o velhinho com a convicção dos homens de bem.

Na euforia da vingança, Genésio esfregava as mãos, dizendo:

— Taí, a dona tão correta e santa!

A verdade é que o genro de seu Magalhães não podia esquecer a expressão "vadio nojento" com que Daísa o mimoseara, além do "contra" que lhe aplicara. Nunca havia sofrido tamanha humilhação na sua vida de conquistador barato e profissional.

O dono da pensão leu a notícia que dizia:

> Bispo excomungou padre que abandonou a batina para se casar com a fazendeira linda. E, para fazê-lo, o bispo fundamentou sua decisão em dispositivos do *Código de Direito Canônico* e noutras regras disciplinares da Igreja.

Acabada a leitura, seu Vicente olhou para o genro e voltou a falar:

— Não vejo nada demais nisso. O padre pode e deve casar-se. A lei do país não o proíbe. E quantos não se casam, mas vivem em situação condenável! A esses, sim, a sociedade deve repelir.

À tardezinha, quando Alberto chegou, o dono da pensão foi ao quarto e entregou-lhe o jornal. Mont'Alvão correu os olhos ligeiramente e voltando-se para o dono da casa, disse-lhe:

— Já o sabia. E estou preparado para essa circunstância. Se o meu bispo tivesse consentido o meu casamento, não teria deixado a Igreja, pois nada tinha contra a Igreja Católica Romana. E asseguro-lhe, senhor Vicente, que não me arrependo do que fiz. E minha esposa é uma mulher de bem. Todavia, a minha situação foi unicamente provocada pelo casamento, pois nunca tive dificuldades com a Igreja, nem com o meu bispo.

— Eu soube que pretende se mudar daqui, mas se preferir continuar na pensão, continuamos às ordens, pois não nos impressionamos com a sua excomunhão. A sua caminhada será pontilhada de censuras de elementos bitolados ou ignorantes, mas estou certo de que aparecerão homens de bem que o defenderão. Pode estar certo. Mas não faça nem aceite polêmicas. Se alguém o defender, aceite, mas não promova discussões.

Animado pelos conselhos e apoio do velhinho, Mont'Alvão agradeceu e comunicou o desejo de Daísa quanto à mudança, a fim de que pudesse preparar o enxoval.

— Meus parabéns — respondeu o dono da pensão com visível alegria.

No dia seguinte, ao chegar ao escritório, encontrou aqui e ali os cochichos dos funcionários. Ao levantar a cabeça, surpreendia ora um, ora outro, olhando-o admirado.

Dias depois, foi chamado pelo diretor da firma, que delicadamente indagou-lhe como se sentia no trabalho que desempenhava ali:

— Creio que vou bem! — respondeu-lhe o ex-padre.

— Estamos satisfeitos com o seu trabalho e normas seguidas em relação aos subalternos. No entanto, fomos surpreendidos pela notícia publicada nos jornais. — E, tomando um jornal que estava dobrado sobre a mesa, exibiu-o, mostrando-lhe a notícia:

— Creio ser do seu conhecimento.

— Sim, senhor.

— Com relação à firma, pode ficar tranqüilo. Nada temos a obstar com relação à sua pessoa e condição de ex-sacerdote. Não somos intolerantes. E, acima de tudo, o senhor tem sido um funcionário correto.

— Agradeço-lhe a bondade. Sinto-me honrado em pertencer ao quadro de funcionários desta firma. Devo, porém, esclarecer que não sou mais um padre como insinuou aquele jornal, mas um sacerdote desvinculado do ministério da Igreja. Sou um cidadão como outro qualquer. E, mercê de Deus, trabalhador e honesto. Nunca usei de subterfúgios, por isso não vejo em que me possam recriminar. Assumi e assumo a responsabilidade pelos ônus que me impõe a decisão tomada, isso diante de Deus e da sociedade.

— Convém que você se prepare para enfrentar as dificuldades e insinuações. Elas virão. Quanto ao seu trabalho, como já o disse, pode ficar tranqüilo, e terá da minha parte o apoio de que venha necessitar. Aliás, eu tenho um amigo, homem de bem, que é filho de padre.

Ao terminar as palavras, o diretor estendeu-lhe a mão, cumprimentando-o pela atitude firme e certa que havia tomado.

Mais confortado, Mont'Alvão voltou à sua escrivaninha, onde reiniciou o trabalho, pois durante a palestra que mantivera com o chefe pôde sentir o calor da sinceridade nas palavras daquele homem de bem.

CAPÍTULO XV

Acusação e Defesa do Padre Excomungado

Os jornais continuaram publicando notas e entrevistas, criticando a posição tomada pelo padre Alberto Mont'Alvão.

No escritório onde trabalhava, os funcionários não conversavam mais com Alberto, nem se aproximavam da sua mesa, salvo por necessidade de serviço. Parecia que todos passaram a ver no ex-padre um ser diferente, estranho ao meio. Mont'Alvão, porém, permanecia indiferente àquela guerra de nervos.

Com exceção de um velho nordestino, faxineiro e servente interno da firma, ninguém conversava com o ex-sacerdote. Aquele velho prestativo e bondoso passava bons minutos falando com Mont'Alvão. O velho, sempre alegre e otimista, cumpria com desembaraço todos os mandados que lhe confiavam. Contarolava baixinho o dia todo. Na firma, os funcionários de todas as categorias e até os vendedores mais conhecidos o chamavam de irmão. Uns o faziam por escárnio, e outros, carinhosamente, porém todos o respeitavam como crente.

Um dia, quando a secretária do diretor veio trazer-lhe uma documentação, Alberto lhe perguntou se conhecia aquele servente.

— Conheço, sim, senhor. É antigo na firma, um empregado de confiança. Quando iniciei meu trabalho aqui, ele já era antigo. E estou há mais de cinco anos. Dizem que é protestante, ou melhor, pentecostal. Passa a maior parte do tempo cantarolando hinos.

Depois que a funcionária voltou ao seu trabalho, Alberto olhou o velho trabalhador que procedia, naquele instante, à limpeza de qualquer coisa no fundo do escritório, e pensou: "Este protestante, até agora, foi o único que não me desprezou; tem sido comunicativo e humano".

Um paradoxo: os católicos o desprezavam, e aquele homem que conhecia a Bíblia, tido como herege pela Igreja Católica, era mais cristão do que os outros. Agora podia compreender, em parte, porque muitos sacerdotes, ao deixarem a batina, mesmo por outros motivos, terminam virando protestantes. Na verdade, não adianta pregar religião mais antiga e não viver o Cristianismo.

Depois de um mês, passaram do isolamento ao desprezo e à chacota, fato que o enervava. Todos se afastavam dele. Era como se fosse portador de enfermidade contagiosa ou sofresse de escabiose transmissível ao primeiro contato.

Homem sensível, sentia e percebia tudo. Apenas o velho nordestino, alegre e amigo, cumprimentava-o com sorriso sincero e leal. Na sua presença, ninguém se atrevia a censurar o padre, pois o velho, com dois ou três versículos da Bíblia, tapava a boca dos maldizentes.

Alberto já havia se mudado da pensão. E Daísa preparava o enxoval para o bebê que esperava. Não eram ricos, mas levavam uma vida relativamente confortável. Ela vivia na mesma simplicidade, como se estivesse na fazenda do pai, trabalhadeira e sincera, não reclamava de nada.

No escritório, o ex-padre sentia avolumar-se o desprezo e a guerra de nervos, que era comandada por uma escriturária, mãe-solteira, dissimulando ser muito religiosa. Uma marionete do vigário da paróquia mais próxima daquele bairro. A ordem principal era perseguir Mont'Alvão, para que ele se arrependesse e voltasse qual filho pródigo, a fim de que a Igreja não fosse escandalizada. Não podendo suportar mais, Mont'Alvão solicitou ao diretor uma reunião com todos os funcionários, a fim de expor a situação.

Atendendo ao pedido, o diretor, que ouvira comentários sobre o que se passava entre os funcionários, convocou a reunião para o dia seguinte. Mas sem avisar do que se tratava. Dando início à reunião, o diretor concedeu a palavra ao Sr. Alberto Mont'Alvão e este, após a introdução de praxe, proferiu em português correto, permeado de frases em latim, um discurso que foi mais um histórico de sua vida como sacerdote "que não tinha de que se envergonhar". Falou do encontro com Daísa, agora sua esposa, e de como sofrera por sua causa. Ao terminar, houve poucas palmas. Apenas o diretor e o velho faxineiro o aplaudiram. Em seguida, concedeu a palavra a quem dela desejasse fazer uso. E, nesse momento, a tal escriturária, visivelmente nervosa, como também irritada pela franqueza do ex-padre e certa de que o diretor da firma o apoiava, iniciou dizendo que pedira a palavra com a finalidade de lembrar ao ex-sacerdote a sua condição de traidor da Igreja e perjuro de seus votos; enfim pretendia, em poucas palavras, contestar as afirmações "pueris e insinceras" do ex-padre, a quem o senhor bispo aconselhara que não se esquecesse de seus votos. O ex-padre se esquecia de que, com a sua atitude inusitada, havia enxovalhado a Igreja e envergonhado os católicos. Naquele momento, o diretor tocou a campanhia e alertou a funcionária para que moderasse suas expressões, não descendo a ataques pessoais. Ao ouvir o diretor, a funcionária mordeu os lábios de raiva. Mas os outros empregados observaram que o patrão não compartilhava da perseguição ao ex-padre. E alguns estavam certos de que a escriturária, talvez por ser uma bonita mãe-solteira, contava com o apoio do diretor, mas enganaram-se. O homem era direito e católico por tradição, mas não apoiava coisas erradas. O velho servente, que ouvia com atenção, pediu a palavra. E o diretor, que conhecia sua prolixidade, a concedeu, porém com a observação de que fosse breve.

— Senhor Diretor, meu patrão e meus colegas, pedi a palavra somente pra perguntar à senhorita que acusou o Dr. Alberto qual o motivo dessa campanha contra um moço tão bom e correto? Que pecado cometeu diante de Deus? A Bíblia Sagrada, e podem examinar na Bíblia católica, diz que até os bispos devem ser casados. E por que essa bobagem de fazer campanha contra o moço? Isso é falta de temor a Deus. Querer impedir o homem de trabalhar aqui é coisa do maligno. Quer dizer que se ele tivesse feito mal para a moça e não se casasse com ela, não seria excomungado. Ora essa, deixem o homem em paz!

Naquele momento, o diretor o interrompeu, dizendo:

— Está certo, Severino! Não temos restrições a fazer quanto à conduta do senhor Alberto Mont'Alvão, e sua condição de ex-padre não nos incomoda.

Depois das palavras do patrão, os empregados se manifestaram com uma salva de palmas. E aqueles aplausos significavam uma vitória moral e espiritual para Alberto, que agradeceu ao diretor com um afetuoso aperto de mão.

Naquele dia, Mont'Alvão foi convidado pelo diretor para que participasse com ele de um almoço no melhor restaurante da cidade, o que foi aceito com grande satisfação.

No dia seguinte ao daquela reunião, não se sabe se foi coincidência ou proposital, um dos jornais de maior circulação na capital voltou a noticiar a excomunhão do sacerdote Mont'Alvão, por haver infringido dispositivos do *Código de Direito Canônico* e faltado com o cumprimento dos votos. Nunca se chegou a saber se o jornal publicou como matéria paga pela cúria ou simplesmente para vender mais.

Dessa vez, o jornal veio às mãos do velho Severino, que o levou ao seu pastor, pedindo-lhe que defendesse o ex-padre, que era seu conhecido e um homem de bem.

Talvez não tenha sido em atendimento ao pedido do velho faxineiro, mas o certo é que o pastor escreveu um artigo que foi publicado pelo mesmo jornal, e até com destaque. No artigo, o pastor defendeu a tese da conveniência do casamento para os padres e contestou a validade da excomunhão lançada pelo bispo, de cuja diocese Mont'Alvão fizera parte. O artigo do pastor assanhou mais a maioria dos membros da cúria metropolitana, que tinham o ex-bispo de Mont'Alvão na conta de um santo. Consideraram, por isso, um desacato ao referido bispo. E os membros da cúria, na sua altivez, consideraram o artigo do pastor uma invasão em seara alheia e reptaram o pastor para uma polêmica a ser realizada em local, dia e hora a serem combinados. O pastor, homem modesto e prudente, possuía excelente cultura geral e era especialmente grande conhecedor de história eclesiástica, por isso, não deu muita atenção ao rompante e ao desafio do clero romano. Os membros da cúria voltaram a desafiá-lo em termos insultuosos. Eles pretendiam defender o celibato dos sacerdotes. Aceitando o convite, foi marcado local, dia e hora. O servo de Deus comunicou à igreja que pastoreava, pedindo orações.

O celibato dos padres seria defendido pelo cônego Montanheiro, grande conhecedor de direito canônico. O cônego era homem vaidoso e de timbre de voz sibilante. Certo da vitória, disse, a priori, que daria uma surra no pastor para que ele aprendesse a respeitar as decisões da Igreja Católica. O pastor era o reverendo Josué Miranda, homem de voz calma e segura. No dia seguinte, os jornais publicaram com destaque que o pastor, depois de muita relutância, resolveu aceitar o desafio do ilustre cônego Montanheiro para uma polêmica em torno da situação do ex-padre Alberto Mont'Alvão.

CAPÍTULO XVI

O Pastor Contesta Dispositivos do *Código de Direito Canônico*

A notícia do encontro do cônego Montanheiro com o pastor Josué Miranda, marcado para ser realizado no teatro principal da cidade, alcançou grande repercussão, tornando-se assunto obrigatório em todas as conversas.

Nos meios intelectuais e entre o povo havia divergência. Uns, mais "religiosos" e intransigentes, condenavam o procedimento de Alberto Mont'Alvão; outros, liberais e compreensivos, aceitavam a situação do ex-padre e torciam pela vitória do reverendo Josué. Foi nessa expectativa que os dois clérigos compareceram ao teatro, que estava cheio das gerais aos camarotes. O pastor se fez acompanhar de alguns oficiais da sua igreja, enquanto o cônego estava acompanhado de um jornalista, o redator-chefe do jornal que publicara com mais destaque a notícia sobre a excomunhão do padre. Com atitude imponente, o cônego caminhava a passos largos por entre as duas fileiras de assentos, as quais terminavam junto à ribalta, onde já se encontravam o pastor e seus acompanhantes. Além do jornalista, o cônego levou dois seminaristas que o assessoravam. Diante de uma mesa enfeitada com jarros de flores naturais, os dois assentaram-se quase lado a lado. Entre ambos estava o jornalista que tomou lugar bem próximo ao microfone. Dando início ao que se havia convencionado chamar de "debates esclarecedores", o jornalista saudou o auditório imenso, que rompeu o silêncio com uma calorosa salva de palmas. Explicando mais uma vez o significado daquela reunião, o jornalista agradeceu a presença de todos.

Discretamente assentados a um canto, ao lado direito da ribalta, estavam Mont'Alvão e Daísa, que fizeram questão de assistir ao debate, pois naquela cidade nunca ocorrera acontecimento semelhante. Compareceram elementos de todas as camadas sociais. Houve um momento de tensão. Todos aguardavam ansiosos o início dos debates. Tinha-se a impressão de que havia dois partidos ou torcidas.

As freiras, que também foram assistir à reunião, rezavam nervosamente, movimentando as contas dos terços com um mover de lábios quase imperceptível. Parecia "o duelo entre as trevas e a luz", a luta do bem contra o mal; a defesa da verdade contra a afirmação de um erro. Um dos contendores defendia uma tese apoiada na Bíblia Sagrada, e o outro, apoiava-se em tradições discutíveis e "doutrinas de homens". Ainda com a palavra, o jornalista lembrou ao auditório a notícia veiculada em primeira mão pelo seu jornal até a publicação do artigo escrito pelo pastor Josué, que pretendeu defender o padre excomungado. Terminada a palavra, o jornalista passou o microfone ao cônego Montanheiro, que, após ligeira saudação ao público, olhou um tanto desdenhoso para o lado do pastor Josué e disse:

— O senhor pastor escreveu aquele artigo com o propósito de defender um padre que fora excomungado pela Igreja ou pelos seus superiores. E aqui estamos para refutar o seu artigo e para provar que a Igreja e o bispo têm razão.

— Sim, senhor — respondeu o reverendo Josué. — Mas antes de iniciarmos a palestra, sugiro que oremos a Deus, a fim de que nos ilumine.

Contrariados, o cônego e o jornalista concordaram com a sugestão, e um dos acompanhantes do pastor orou a Deus com fervor, fato que causou grande impressão no auditório.

Enquanto o homem orava de olhos fechados, o jornalista o observava com desdém. E antes que o cônego tivesse tempo de articular palavras, o pastor falou ao auditório que o olhava com certa curiosidade:

— Quando escrevi o artigo a que se referiu o ilustre cônego

Montanheiro, não tive a intenção de provocar polêmicas ou de ofender o senhor bispo, a cuja diocese pertenceu o ex-padre Alberto Mont'Alvão. O meu propósito foi o de defender um homem de bem que, aliás, não tenho a honra de conhecer pessoalmente. O ex-sacerdote está sendo vítima de uma perseguição cruel e insensata. E qual foi o seu erro? Só o fato de haver se casado com uma moça de bem. Mas os direitos do senhor Alberto Mont'Alvão estão assegurados na Bíblia Sagrada e pelas leis do país. Nada mais lícito que alguém tivesse a coragem de levantar a voz para defender esse homem que não transgrediu os ditames da Palavra de Deus nem insultou a sociedade. Não tive o propósito de ofender, mas de defender. E, como fui desafiado, estou aqui para ratificar minhas afirmações. Mas não aceito divagações nem conceitos que não estejam respaldados pelas gloriosas páginas do Livro Divino.

Sem solicitar aparte nem aguardar que o pastor Josué terminasse seu pensamento, o cônego nervoso e com palavras que exteriorizavam mais a ira do que o argumento, interferiu áspero:

— O senhor pastor pretende julgar um bispo da Igreja Católica que usou o direito que lhe assiste, conforme dispositivos do Código de Direito Canônico. E o que entende o senhor pastor de direito canônico?

As expressões do cônego eram arrogantes e insultuosas. Enquanto o clérigo falava, o pastor, humildemente, anotava a fim de responder ao contendor.

— Não entendo de "direito canônico", mas conheço boas maneiras e entendo de Teologia Bíblica e História da Igreja Cristã, que não se chama "Católica Romana" nem "Protestante". A minha intenção é provar, e o farei, à luz da Palavra de Deus, livro superior a todos os códigos humanos, canônicos ou não, que o senhor bispo laborou em erro ao excomungar ou propor a excomunhão do padre Mont'Alvão. O Código Divino, a Bíblia Sagrada, é imutável e perfeito como revelação.

Refeito da ira e aparentando calma, o cônego tomou o microfone e respondeu ao pastor com ar de mestre-escola:

— A Igreja Católica, senhor pastor, é a mãe de todas as outras igrejas e por esse motivo pode ditar normas. Ela é a única igreja verdadeira, a detentora da verdade. O papa é sucessor de Pedro e vigário de Cristo. E não falta um elo na corrente de sucessão. O papa tem o poder das chaves que lhe foi outorgado por Jesus Cristo. E convém atentar para o fato de que a Igreja Católica sempre foi respeitada e benquista por todos os fiéis e até infiéis.

Enquanto o cônego Montanheiro falava, o auditório o ouvia em silêncio e atenção. Quando o cônego terminou suas palavras, houve até palmas. E, naquele momento, até as freiras quietinhas e sonsas também aplaudiram com desenvoltura. Com a serenidade que demonstrara desde o início, o pastor Josué respondeu:

— Infelizmente, o senhor cônego está procurando fugir do tema que deu motivo ao nosso encontro neste local: "É lícito padre se casar, ou não?" Isso é o que se pretende afirmar e debater. No entanto, diante das afirmações do meu ilustre contendor, sou forçado, até contra minha vontade, a provar perante este auditório e ao mundo que suas alegações com respeito à Igreja Romana carecem de fundamento, e algumas chegam a ser pueris. Provarei pelas Sagradas Escrituras e pela História que a Igreja Romana não é, nem do princípio, nem de agora "a mãe de todas as outras igrejas", mas simplesmente, entre o grupo de denominações cristãs, a mais numerosa; porém, não é a única nem possui o monopólio da verdade. É necessário que nos lembremos de que a palavra *ekklesia* era usada para designar todas as comunidades cristãs, grandes ou pequenas, em todas as cidades. No próprio Novo Testamento, vemos que *ekklesia* é um termo retirado do grego profano e significa "assembléia popular". O sentido bíblico, tanto vétero como neotestamentário, aparece somente quando se lhe junta tou *Téos*, "de Deus", propriamente dito, se manifesta pelo acréscimo ulterior "em Cristo Jesus". É indiferente que esse acréscimo seja explícito ou implícito. Mas o que no uso grego do termo realmente influiu na ekklesia cristã foi a linha que vai da Septuaginta ao Novo Testamento. Foi dentro dessa linha que o termo recebeu o seu valor específico. Depois que aqueles provindos do judaísmo superaram as limitações do mesmo, compreendendo a relação entre a ekklesia do Antigo Testamento e a do Novo Testamento, estava aberto o caminho. Neste sentido, a *ekklesia* do *demos* é somente um paralelo formal do mundo profano e possui um valor de uma analogia e nada mais, da mesma forma como *kyrios*, *kaisa*r. É um paralelo e não um modelo, *kyrios Christos*. Historicamente, o termo *ekklesia* foi o único que se impôs na comunidade cristã como terminus technicum para designá-la. Os latinos não sentiram a necessidade, nem mesmo a possibilidade de traduzir o termo para o latim. Tertuliano, que influenciou tão fortemente a lingüística eclesiástica, designa uma vez a igreja em seu *Apologeticum* por cúria; trata-se de uma tradução exata de *ekklesia*, mas que não se tornou técnica. O mesmo se deu com a *civitas dei*, cidade de Deus, de Santo Agostinho. Aqui e ali aparecem ainda outras traduções latinas, como *contio e comitia*. A tradução literal teria sido *convocatio*. Os romanos foram seguidos nesse ponto pelos diferentes povos românicos. Menos significativo é o fato de que o grego moderno tenha conservado *ekklesia*. Portanto, senhor Cônego — prosseguiu o pastor Josué —, a Igreja Romana não é, nem poderia ser "a mãe de todas as outras igrejas"; pois as demais comunidades cristãs do início da expansão do Cristianismo adotaram o nome *ekklesia*; não sendo, por isso, a dona do nome ou da primazia sobre as demais. Adotaram o termo oriundo do grego que, por sua vez, vem da raiz ou verbo hebraico *quahal*, que significa "reunir" (neste caso, o povo de Deus). E quando Paulo em sua carta se dirige aos romanos, o faz à comunidade *ekklesia* cristã existente em Roma. Ele não se dirigiu a Pedro, simplesmente porque este apóstolo não se encontrava em Roma, nem há provas desse fato, mas apenas conjecturas de que Pedro já tivesse estado em Roma antes da ida do apóstolo Paulo como prisioneiro. Essa é a afirmação de Lucas no seu testemunho inexpugnável: "E, chegando a Siracusa, ficamos ali três dias, donde, indo costeando, viemos a Régio; e, soprando, um dia depois, um vento do sul, chegamos no segundo dia a Putéoli. Onde, achando alguns irmãos, nos rogaram que por sete dias ficássemos com eles; e depois nos dirigimos a Roma. E de lá, ouvindo os irmãos novas de nós, nos saíram ao encontro à Praça de Ápio e às Três Vendas, e Paulo, vendo-os, deu graças a Deus e tomou ânimo. E, logo que chegamos a Roma, o centurião entregou os presos ao general dos exércitos; mas a Paulo se lhe permitiu morar por sua conta, com o soldado que o guardava", Atos capítulo 28, versículos 12 a 16. Portanto, segundo o testemunho de Lucas, Pedro não se achava em Roma, pois não se pode admitir que os "irmãos", os poucos cristãos ali existentes, fossem ou saíssem ao encontro de Paulo à Praça de Ápio e às Três Vendas, e Pedro, o suposto bispo de Roma, nem aparecesse. Estaria de mal com o colega ou com ciúmes? Nem uma coisa, nem outra. Nunca havia estado em Roma, essa é a verdade. E, quanto ao fato de "ser mãe das outras igrejas" por ser "mais antiga", o direito caberia à Igreja de Jerusalém, que era sede e centro das decisões, de acordo com o que encontramos no livro de Atos dos Apóstolos, capítulo 15, versículo 4: "Quando chegaram os apóstolos a Jerusalém, foram recebidos pela igreja e pelos apóstolos e anciãos e lhes anunciaram quão grandes coisas Deus tinha feito com eles". A Igreja de Cristo foi "criada antes da fundação do mundo", e não por Pedro, na cidade de Roma, capital do paganismo. A Escritura não afirma, nem assim ensinaram os santos apóstolos de Jesus, que só a Igreja de Roma pode ditar normas e que ela seja a única igreja verdadeira.

A célebre sentença atribuída a Agostinho: *Roma locuta est, causa finita est* tem servido para justificar a infalibilidade e suprema autoridade da Igreja Romana sobre todas as outras igrejas cristãs. É uma deturpação malévola do pensamento do eminente bispo cristão do século V. A frase é, em toda a sua genuinidade: *Rescripta ab apostólica sede venerunt, causa est. Ultinam finiatur error.* Aurélio Agostinho defendia assim o seu ponto de vista sobre a tradição, isto é, só deveria aceitar-se como legítima e ortodoxa a doutrina que, tendo o seu fundamento na Palavra de Deus escrita, fosse ensinada por alguma sé apostólica que tivesse sido fundada por um apóstolo, e não somente a de Roma! Aliás, a doutrina de Agostinho sobre a justificação e a graça foi condenada pela Igreja de Roma quando inscreveu no Index o *Augustinuns* de Jansênio, bispo católico romano da diocese de Ipres, que no entanto, nele, apenas expendeu a doutrina do mesmo Agostinho sobre a matéria, como claramente declara: "Não creiais ser a Igreja Romana a única dentro da qual se pode encontrar a salvação, como ensinam os seus teólogos!", exclamou o ex-padre Gonçalo Alves. A verdade é que a Igreja de Roma já está fora do grêmio dos discípulos de Jesus, pois já nem mesmo possui a Bíblia como regra de fé, pois mandou queimar nas fogueiras dos autos-de-fé da Inquisição romana grande número de verdadeiros cristãos". A Bíblia foi substituída pelo *Código de Direito Canônico*! E, fundamentada nesses princícpios, o ilustre cônego Montanheiro pretende firmar seus argumentos, os quais lhe servirão para justificar a excomunhão aplicada ao ex-sacerdote Mont'Alvão!

Surpreso pela segurança com que o pastor Josué apresentava seu argumento, o cônego o interrompeu bruscamente, dizendo:

— Não me tem permitido falar e procura desviar o tema para assuntos históricos nem sempre provados.

— O senhor cônego é quem pretendeu confundir a assistência,

quando apresentou fatos que nem a Bíblia Sagrada, nem a história da sua própria igreja ratificam. O que desejamos ansiosamente é que o senhor cônego defina qual o pecado cometido pelo ex-padre Alberto Mont'Alvão, e isso à luz da Bíblia, o Código Divino, e não do *Código de Direito Canônico*, repositório de leis discutíveis. Com referência aos fatos históricos citados por mim, se não forem verídicos, compete ao ilustre cônego provar o contrário. De minha parte, posso prová-los com a citação das fontes e seus autores. E devo lembrar ao meu ilustre contendor que os autores, em sua maioria, são membros da Igreja Romana. Não são protestantes nem espíritas, embora a maioria dos espíritas seja constituída de católicos. Quanto à afirmação de que o papa é sucessor de Pedro e de que o elo de sucessão nunca foi quebrado ou interrompido, concordamos com o ex-padre Paulo Timóteo, em sua obra *Profissão de Fé de um Desiludido em Audiência com um Bispo.* O citado padre disse: Acaso não vemos na Igreja Romana, representados em seus inúmeros pontífices, corruptos, sacrílegos, odiosos, avaros e cruéis que têm sentado no suposto trono de Pedro? Mencionarei alguns, por exemplo, o papa Gregório XI, o último da série dos chamados "papas de Avignon" (na França), sobrinho do papa Clemente VI, que já era bispo aos quinze anos e cardeal aos dezoito por mercê desse seu diletíssimo tio que o cumulara de pingues benefícios eclesiásticos! Não são os autores protestantes ou espíritas que nos fazem essa revelação sensacional, mas os monges beneditinos de Solesmes, em sua grande obra: *Arte de Verificar as Datas*, de 1789, que pode ser consultada na Biblioteca Municipal do Porto, em Portugal. Diz ela ainda que esse ilustre cardeal e sobrinho de Gregório XI fora ordenado presbítero aos quarenta anos (e já era cardeal desde os dezoito), a fim de poder ocupar o lugar de papa, para o qual foi eleito em trinta de dezembro de 1370! Era tão clamorosa e lamentável a corrupção da sé romana no tempo desse pontífice que o Senhor Deus inspirou uma serva tão cândida e humilde de coração quanto era varonil o seu ânimo. Vivia no seu convento dominicano de Senna e se chamava Catarina. Ela foi a Roma repreender o papa e toda a sua corte pelos grandes escândalos que dava à cristandade aflita! A santa compareceu à presença do papa e, entre outras abjuratórias, disse-lhe: "A corte papal exala o fétido nauseante de todos os vícios infernais!" E como o papa lhe perguntasse de que modo, vivendo ela tão longe de Roma, onde chegara apenas a alguns dias, tinha já conhecimento tão direto de tais abominações. Com nobre majestade lhe respondeu: "Esse fétido chegara já a Senna, sede do convento". E quem isso nos revela, caro senhor cônego, não são protestantes, mas os mesmos bolandistas em suas *Actas Sanctorum,* que os padres e bispos podem ler no dia da festa da mesma Santa Catarina.

CAPÍTULO XVII

Os Papas Não São Sucessores de Pedro nem Vigários de Cristo

— O senhor cônego afirma convicto que os papas são sucessores de Pedro. No entanto, o testemunho da História é diferente. Fato que provaremos com a palavra do ex-padre Timóteo: "O mais profundo teólogo católico alemão do século XIX, Inácio Boelinger, comenta que, a partir dos fins do século XI, a Igreja Romana não mais merece tão honrosa designação, devendo simplesmente ser chamada a 'cúria romana'". Entre uma Igreja e uma cúria interpõe-se um abismo, pois quando outrora se falava na Igreja de Jerusalém ou de Cartago, na de Alexandria, de Éfeso ou de Roma entendia-se sempre por essa designação um povo cristão, unido ao seu bispo ou pastor e ao seu conselho de anciãos, isto é, uma comunidade de clérigos e de leigos, considerando-se todos como irmãos uns dos outros. Uma igreja animada por esse espírito evangélico jamais se poderia transformar numa cúria ou tribunal religioso. A Igreja Romana, porém, se converteu numa cúria, isto é, num campo de batalha de intrigas, numa chancelaria de escribas, de notários, de empregados das taxas pontifícias que faziam negócios com os privilégios, as dispensas, os salvo-condutos e outros diplomas papais! A Igreja Romana havia se convertido, em plena Idade Média, num mercado europeu de benefícios para os clérigos de todos os países! E, assim, depois de Isidoro

Mercator, o verdadeiro fundador da grandeza e supremacia da Igreja Romana, ela perde toda a sua espiritualidade no serviço divino, pois é absorvida pelo negócio contínuo dos processos, das graças, das indulgências e das absolvições que só eram concedidas mediante fortes taxas monetárias e expedidas para todas as nações onde ela possuísse influência. Nenhum escrúpulo de consciência molestava esses homens de negócios eclesiásticos; eles pouco se inquietavam com o ódio e o desprezo do mundo que eles exploravam: *Oderint, dum metuant*, "Odeiem, mas temam", diziam. Já em 1238, a simonia, a usura e a prática dos maiores crimes contra a religião eram tão clamorosos na Igreja Romana que o patriarca de Antioquia a excomungou, bem como ao seu papa Gregório IX! Sete bispos foram excomungados por Gregório XI só porque não tinham pago ainda os emolumentos respectivos aos decretos das suas provisões. Nos tempos medievais, a simonia reinava desenfreada na cúria romana, vendendo-se sem pejo e a peso de ouro, como se fossem mercadorias, as prebendas e dispensas, as autorizações, privilégios, indulgências e absolvições! Contra o papa Alexandre VI clamava mais em Florença o austero e puro frade dominicano Jerônimo de Savanarola, que o povo considerava um santo. Ele pregava na quaresma de 1496, convidando o povo a julgálo e a depô-lo num Concílio Geral. A conseqüência do seu desassombro em proclamar a verdade foi a morte na forca, numa praça pública de Florença, em vinte e três de maio de 1498. A História registra, entre outros mártires, João Huss e Jerônimo de Praga, que foram queimados por ordem do Concílio de Constança. Giordano Brunno, da Ordem dos Pregadores, foi queimado em Roma, no pontificado de Clemente VIII. Ao mesmo papa Alexandre VI chamavam os romanos "o Nero do seu tempo". Se os papas são os sucessores de Pedro, possuindo como ele as chaves do Reino dos Céus", se ao santo apóstolo Jesus disse um dia: "Eu roguei por ti, para que a tua fé não desfaleça". Por que vemos tantos papas desfalecerem na fé, sendo acusados de heresia? A conclusão só pode ser uma: não são sucessores de Pedro! Se a infalibilidade lhes foi dada, por que apostatou da fé cristã, na perseguição de Diocleciano, o papa (ou bispo de Roma) Marcelino, oferecendo incenso aos ídolos pagãos para fugir ao martírio? Ilustres teólogos romanos, entre os quais Baronio, o padre Bablo, os primeiros bolandistas e Barras, admitem como verdadeira a acusação feita ao papa Marcelino, de ter sacrificado aos ídolos pagãos diante de Diocleciano. Não foi notório que Alexandre VI ascendeu por simonia ao papado, sabendo toda a cidade de Roma que ele tinha uma amante com cinco filhos? E já depois de papa não gerou também dois filhos de outra amante, como no-lo diz o dominicano René Hedde em sua História Eclesiástica? Não foi o papa Inocêncio IV ambicioso e cruel? Todas essas acusações foram feitas pelos Beneditinos, autores da obra *Arte de Verificar as Datas*. Todavia, a lista dos papas prevaricadores, indignos e depravados é muito longa. Um dos grandes escândalos da Igreja Romana foi o nepotismo da Idade Média. O papa Inocêncio XII teve que o abolir, publicando uma bula para esse fim. E que diremos ainda de tantos abomináveis crimes atribuídos aos homens que se sentaram na cadeira de Pedro, os quais se diziam vigários de Jesus Cristo na terra, possuidores das chaves do Reino do Céu? O papa Lando, natural de Roma, foi acusado por alguns autores como se fora um monstro de crueldade! As mesmas acusações são feitas ao papa João X. O papa Bento VI encarcerou uma facção política chefiada por Crescêncio e pelo cardeal Franco, assassinando-o em seguida! Franco usurpa, então, a tiara com o nome de Bonifácio VII. Ao fim de um mês, ele foge para Constantinopla depois de ter roubado o tesouro da basílica vaticana! Voltando mais tarde a Roma, no pontificado do papa João XIV, encerra este no Castelo do Santo Angelo, deixando-o morrer na miséria, segundo uns e envenenado, segundo outros! Num motim popular contra os partidários de Arnaldo de Bréscia, morre ferido por uma pedra o papa Lúcio II. O papa Clemente IV ascendeu à cadeira de Pedro depois de viúvo. Ele tinha muitos filhos. Acusam-no de haver aconselhado a Carlos de Anjo, rei da Sicília, a morte do seu prisioneiro, o jovem Conradino. A esse papa sucedeu Gregório X, depois de dois anos e nove meses em que a sé papal esteve vaga por causa do desacordo dos cardeais. Como se vê, a religião dos papas foi dominada sempre pela política, tanto civil como eclesiástica. Como crer, então, que o papado seja uma instituição divina, principalmente depois que a exegese bíblica dos mais profundos doutores da Igreja Romana, que ela venera em seus altares, exumada do pó das bibliotecas medievais, nos veio provar que os seus fundamentos escriturais são meramente figurados e sem aplicação a um sistema político-teocrático no Cristianismo, não obstante ser sobre eles que papas medievais como Nicolau I e Gregório XI fundaram em suas constituições o seu primado? E, ainda, que depois os mais ilustres historiadores eclesiásticos católicos, a partir do século XVI, chegaram a reconhecer serem apócrifos todos os documentos pontifícios dos primeiros papas até Siríaco? Tanto hoje como ontem, a vaidade, o orgulho, a crueldade do coração, a sua indiferença em face da miséria dos pobres, a cupidez do ouro, a intolerância e o ódio, o amor desordenado pelos gozos e prazeres do mundo maculam, lamentavelmente, a maior parte dos que se dizem sucessores dos santos apóstolos, principalmente de Pedro, como dispenseiros das graças divinas. Não! A Igreja de Cristo não é a grande igreja oficial do mundo que se diz maioria no Cristianismo! Porque a primeira, a verdadeira, é a igreja dos simples, dos misericordiosos, dos que hoje choram, padecem fome e sede de justiça e perseguição por amor dela. A grande igreja já oficial do mundo é a igreja dos cúpidos, dos soberbos e dos orgulhosos que trajam sedas roçagantes, que ocupam os primeiros lugares nos templos, que gostam de ser saudados nas praças públicas e que lhes chamem mestre, quando, para os discípulos de Jesus, há só um Mestre, que é o Cristo, sendo eles todos irmãos, como Ele mesmo ensinou. Eis aí, senhor cônego, o que disseram dois ex-padres da Igreja Romana, os senhores Gonçalo Alves e Paulo Timóteo.

Enquanto o pastor Josué falava, o auditório o ouvia perplexo, pois na sua palavra fluente e segura expunha fatos estarrecedores, ignorados não somente por aquele auditório, mas pela maioria dos povos ditos católicos romanos.

Todos se lembravam da maneira arrogante e orgulhosa com que o papa Paulo VI, se dirigira aos pastores protestantes, ecumenistas, que compareceram à reunião realizada na Suíça. Logo no início daquela reunião, o papa declarou com toda empáfia: "Nosso nome é Pedro!" E nós dizemos: "Que ironia! Pedro, durante o seu ministério, preocupou-se principalmente em glorificar o nome de Jesus Cristo. Mas bem feito para aqueles insensatos ecumenistas. Levaram na cara o que mereciam, pois que união pode ter a luz com as trevas? Pelo que temos citado, os papas só podem representar as trevas, como bem o provam os anais inexoráveis da História"!

CAPÍTULO XVIII

O Cônego Tenta Refutar o Pastor Protestante

O jornalista, que a princípio se mantivera numa atitude desdenhosa, ao ouvir a seqüência de citações feitas pelo pastor Josué e notar a atenção que lhe dava o auditório, mudou de atitude e até de semblante. Da sua boca desapareceu aquele sorriso sarcástico, dando lugar a uma visível preocupação.

O cônego, durante as citações de historiadores membros da própria Igreja Romana, não se atreveu a contestar o reverendo, limitando-se a algumas perguntas intempestivas e pueris que os ouvintes recebiam com desagrado e, às vezes, com protestos. Não é fácil contestar a verdade!

Quando o pastor ia prosseguir, o cônego levantou-se, tomou o microfone da mão do contendor e dirigiu-lhe a palavra quase aos gritos:

— O senhor pastor apresentou nomes de alguns papas que erraram, porém esses constituem a exceção má. E a Igreja Católica não pode ser julgada em função de erros cometidos por alguns papas, pois na Igreja Reformada também houve e há líderes cujos atos envergonham.

— Acontece, senhor cônego — respondeu-lhe o pastor Josué —, que não são alguns papas, mas muitos. E, além disso, se eles são infalíveis e pertencentes a uma corrente que se não quebrou, como poderiam errar? E os senhores ensinam que todos os atos e deliberações dos papas são válidos, pois são sucessores de Pedro. Mas como a História prova que muitos desses atos têm sido errados e até criminosos, a conclusão a que se chega é de que há muitos erros na Igreja Romana, entre eles, a conservação do celibato dos padres. Quanto à Igreja Reformada, como diz o senhor cônego, seus líderes não são papas, nem chefes que interfiram, determinando o *modus operandi* de uma igreja local. Portanto, se um líder fracassa, seu erro redunda mais em prejuízo pessoal. A Igreja Reformada não possui nenhuma corrente de sucessores. E grandes líderes que aparecem, como D. L. Moody e outros, são constituídos por Deus, e os frutos do seu trabalho são evidentes e benéficos para todas as camadas sociais. Esses líderes não ficam presos a códigos de direito canônico, mas se orientam exclusivamente pela Bíblia Sagrada, o Código Divino. Quanto à sua vida moral ou não, seus pares, em convenções, concílios ou assembléias gerais, excluem-no, tirando-lhe a ordem que lhe dá condição lícita para o exercício do ministério e, se alguns persistem, o fazem por conta própria. Não é o caso de uma situação vergonhosa como a do papa Alexandre VI, que teve amante com cinco filhos e, depois de papa, teve mais dois filhos com outra amante, conforme já o afirmei, baseado no testemunho do dominicano René Hedde em sua *História Eclesiástica*. O povo, de um modo geral, não sabe desses fatos, mas nós e todos aqueles que conhecem a História sabemos e com detalhes. E por que condenar ou excomungar um homem de bem, como o ex-padre Alberto Mont'Alvão, cujo erro ou falta foi ter-se casado legitimamente, de acordo com as leis do país? E quantos Mont'Alvãos, padres sinceros, não estão sofrendo o opróbrio? Cremos que sempre houve e ainda há honrosas exceções no clero da Igreja Romana, mas essa circunstância não justifica a proibição do casamento e, portanto, a manutenção iníqua do celibato obrigatório, causa de tantos males.

— A Igreja Católica, senhor Pastor — respondeu o cônego Montanheiro — possui prestígio e legado histórico que a fazem reconhecida e amada por todos no mundo ocidental, com exceção, é claro, daqueles seguidores da Reforma!

— Com relação ao prestígio e o caso de ser amada de que fala o senhor cônego — retrucou o pastor Josué —, tenho minhas objeções também baseadas na História. Senão, vejamos: no chamado período da Revolução Francesa, vemos Roma invadida pelas tropas do Diretório Republicano e o pontífice Pio VI ser levado cativo e exausto para o exílio, bem como os soldados da República Francesa dançarem nas ruas de Roma cantando: "Morreu o último papa!" O papa, conduzido à França, morre em apertada custódia, em vinte e nove de agosto de 1799, só podendo o corpo do chamado *Peregrinus apostolicus* ser dado à sepultura em trinta de janeiro de 1800! Em ódio ao papado, a sua efígie, revestida das vestes pontificiais, sustendo uma bula na mão, fora passeada sobre um burro nas ruas de Paris, sendo finalmente queimada! E os que assim procediam não eram protestantes, mas os próprios católicos. Nas igrejas da capital francesa, os republicanos proferiam publicamente blasfêmias contra a Igreja Romana e contra Deus. E não foram, repetimos, seguidores da Reforma, mas os filhos da Igreja Romana. Procissões afrontosas foram organizadas nas ruas da capital francesa, em que os seus componentes, revestidos com os paramentos litúrgicos das igrejas católicas, conduziram um jumento ornado com uma mitra episcopal na cabeça, tendo preso à sua cauda os Evangelhos. À frente saiu Luiz Apfel, oferecendo-lhe uma hóstia consagrada, sacrilegamente roubada, para que a comesse, dizendo-lhe ao jumento: "Toma, devora este Deus"! E quem afirma é o insuspeito historiador católico Vascotti. Era o preço que a igreja de Roma pagava pela consentida perversidade, atrocidades horrendas cometidas na célebre "Noite de São Bartolomeu" contra milhares de verdadeiros cristãos; homens, mulheres e até crianças sacrificados sob o aplauso discreto, mas eufórico da sé romana. Mas Deus não se deixa escarnecer e, na mesma capital onde o sangue de tantos mártires correu, a Igreja Romana viu-se vilipendiada e atacada num de seus dogmas que considera mais sagrado! Essa espantosa ignomínia das almas só é compreensível como sendo o fruto da profunda corrupção que a Igreja Romana baixara na França! A Igreja papal, havendo se tornado numa grande e forte facção político-religiosa é, ainda hoje, pela sua influência temporal dentro do Cristianismo, apenas uma seita exclusivista, intolerante e perseguidora. Portanto, quando se procede a uma análise, mesmo superficial, conclui-se que a Igreja de Roma não passa de uma organização político-religiosa sem conteúdo espiritual que a crendencie como uma verdadeira igreja cristã.

— O senhor Pastor exagera os fatos — replicou o cônego, sem pedir aparte.

— Não, senhor cônego — retrucou o reverendo Josué. — Não sou eu quem apresenta ou formula libelo contra a igreja de Roma; a História é quem afirma, pode contestá-la, se lhe for possível.

— A Igreja Católica, senhor pastor, possui a sua tradição e doutrina próprias e alicerçadas. Esta última fundamentada no ensino e opinião dos maiores teólogos do Cristianismo.

— Com respeito à doutrina, devo lembrar-lhe que esse assunto não é tema para ser debatido nesta reunião; acrescentando a isso o fato de que a tradição carece de fundamento e validade. Com respeito à doutrina, não sei se o senhor cônego se refere à doutrina dos apóstolos, dos santos profetas ou apenas àquelas ditadas por concílios ou formuladas por teólogos que se afastaram dos conceitos bíblicos para admitirem os de Aristóteles. Para nós, o assunto em pauta é a contestação do alijamento do ex-padre Mont'Alvão que, pelo fato de se haver casado, foi excomungado. Porém, a Bíblia Sagrada outorga esse direito a todos os clérigos.

CAPÍTULO XIX

Santos, Profetas e Sacerdotes Foram Casados

— Entre outros casos, vejamos os seguintes: Enoque foi casado. Leiamos o que a Bíblia diz sobre o assunto: "E viveu Enoque sessenta e cinco anos e gerou a Metusalém e andou Enoque com Deus, depois que gerou a Metusalém, trezentos anos e gerou filhos e filhas. E foram todos os dias de Enoque trezentos e sessenta e cinco anos. E andou Enoque com Deus; e não se viu mais, porquanto Deus para si o tomou". Os santos patriarcas, homens casados, viviam em comunhão com Deus, o qual aparecia-lhes, reafirmando as promessas feitas. O casamento, as esposas e os filhos não impediam a sua comunhão com Deus. Moisés, o grande libertador, enviado por Deus, foi casado e pai de filhos. Arão e o seu ministério sacerdotal tipificam o Senhor Jesus Cristo e o seu ministério. No entanto, Arão também foi casado e pai de filhos. E, se o sumo sacerdote Arão, que tipificava Jesus Cristo, foi casado e teve filhos, por que os sacerdotes da Igreja Romana não podem se casar? Poderíamos falar de Samuel e muitos outros, mas preferimos citar as provas que encontramos no Novo Testamento, para que ninguém apresente objeções, alegando que os casos mencionados ocorreram no Antigo Testamento. Examinemos o Evangelho de Lucas: "Existiu, no tempo de Herodes, rei de Judéia, um sacerdote chamado Zacarias, da ordem de Abias, e cuja mulher era das filhas de Arão, o nome dela era Isabel. E eram ambos justos perante Deus, vivendo irrepreensivelmente em todos os mandamentos e preceitos do Senhor. E não tinham filhos, porque Isabel era estéril, e ambos eram avançados em idade. E aconteceu que, exercendo ele o sacerdócio diante de Deus, na ordem da sua turma, segundo o costume sacerdotal, coube-lhe em sorte entrar no templo do Senhor para oferecer o incenso. E toda a multidão do povo estava fora, orando, à hora do incenso. Então, um anjo do Senhor lhe apareceu, posto em pé, à direita do altar do incenso. E Zacarias (sacerdote casado), vendo-o, turbou-se, e caiu temor sobre ele. Mas o anjo lhe disse: Zacarias, não temas, porque a tua oração foi ouvida, e Isabel, tua mulher, dará à luz um filho, e lhe porás o nome de João. E terás prazer e alegria, e muitos se alegrarão no seu nascimento, porque será grande diante do Senhor, e não beberá vinho, nem bebida forte, e será cheio do Espírito Santo, já desde o ventre de sua mãe". Esse João de que falou o anjo é João Batista, o precursor de Jesus Cristo. O fato de o sacerdote Zacarias ser casado não o impediu de receber a visita de um anjo. E hoje um sacerdote da Igreja Romana não pode contrair matrimônio, pois o *Código de Direito Canônico* e outras leis ou votos o proíbem.

A noite já ia longa e fria, enquanto o auditório permanecia atento à exposição feita pelo pastor Josué Miranda. A vitória da verdade se esboçava nítida, incontestável. Os torcedores do cônego o olhavam desolados. Os liberais e os protestantes aplaudiram sem reservas ao reverendo Josué. Tomando a palavra, o cônego procurava simular calma e superioridade sobre o contendor, empregando termos rebuscados e sempre acompanhados de enfadonhas citações em latim, nem sempre traduzidas corretamente.

Pondo-se de pé, o cônego falou com azedume:

— Estou com a palavra!

— Estou ouvindo — respondeu-lhe o pastor com muita calma.

— A Igreja estabeleceu o celibato — prosseguiu o cônego — porque, além de muitas razões plenamente justificáveis, o apóstolo Paulo, quando escreveu aos coríntios, ensinou que o solteiro cuida das coisas do Senhor, em como há de agradar o Senhor; mas o que é casado cuida das coisas do mundo, em como há de agradar a mulher. Logo, o sacerdote deve permanecer solteiro a fim de cuidar das coisas do Senhor. E a Igreja quer que seus ministros sejam santos e puros. A mulher, por mais zelosa e digna, sempre constitui um impedimento.

Se o padre, por exemplo, for chamado para atender a um caso de extrema unção à noite ou mesmo pela madrugada, a mulher ou os filhos sempre o impedirão. E se coincidir que, naquela mesma noite em que o sacerdote tiver de ir atender um caso como citei, a sua mulher também estiver esperando para dar à luz? Mas o homem solteiro estará sempre livre.

Enquanto o cônego falava, ouve um ligeiro movimento de vozes e, entre as freiras, houve até alguns aplausos, pois o argumento do cônego parecia irrespondível, convincente. O jornalista, parcial desde o princípio, cobrou ânimo, parecendo lobrigar já a vitória do cônego Montanheiro. Ele pretendeu usar um expediente que, se aceito, levaria o cônego a uma suposta vitória. Por isso, soou a campainha, alegando que era muito tarde e que o auditório estava cansado. Declarou que encerraria a reunião. Mas, para surpresa geral e do próprio jornalista, a maioria do auditório se levantou e exigiu que fosse concedida a palavra ao reverendo Josué, para que apresentasse a defesa. E se esta não convencesse, então a vitória seria do cônego.

O pastor se levantou calmo e, olhando seriamente para o auditório, agradeceu a manifestação e falou:

— A argumentação do ilustre senhor Cônego é um erro injustificável! O senhor cônego afirmou que a Igreja Romana deseja que seus ministros, os sacerdotes, sejam puros, santos etc. Ora, se aceitarmos como válido esse argumento, então seríamos forçados a convir que Zacarias, pai de João Batista, foi impuro. E que Deus errara ao enviar o seu anjo para falar a um pecador. Desse modo, voltaríamos à situação de Enoque, pai de filhos e filhas, como já citamos, admitindo que Deus tomou para si um homem impuro e pecador, pois ele era casado. Portanto, essa parte do argumento do senhor cônego não é válida! Vejamos agora a segunda parte. De fato, Paulo escreveu mesmo aos coríntios, mas foi um parecer, como ele mesmo o afirma em outra passagem. E o seu parecer acerca dos solteiros e casados em relação "a servir ao Senhor" foi extensivo a todos os membros da Igreja, e não exclusivamente aos ministros. Além disso, naquela época de Paulo, na igreja de Corinto, não havia padres ou sacerdotes. E, quanto ao ministério de sacerdotes, tão ciosamente defendido pelo senhor cônego, é necessário dizer que na Igreja cristã não existe mais um ministério sacerdotal encarregado de oferecer sacrifícios pelos pecados dos homens. O sacerdócio, em sua acepção real, não existe no Cristianismo, pois que a sua história e função terminaram no Gólgota, onde Jesus Cristo se ofereceu a si mesmo em sacrifício, a fim de que obtêssemos o perdão dos nossos pecados, chamando-nos assim para a santificação total pela oferenda do seu corpo feita uma só vez. Há o sacerdócio espiritual, mas levítico terminou no Calvário. A significação da função sacerdotal aplicada na Igreja Romana ao termo "presbítero", empregado nas igrejas cristãs judaicas primitivas para distinguir os ministros do culto, e ao termo "bispo", adotado nas igrejas gregas, não pode justificar-se nem etimologicamente, nem pela aplicação primitiva que lhe era dada. É bem difícil, afirmou certo historiador, averiguar de que modo se operou na Igreja cristã essa separação entre presbíteros e bispos como ordens diversas, em que uma ficou subordinada à outra. Portanto, o senhor cônego Montanheiro não deve falar em sacerdotes à semelhança daqueles do Antigo Testamento, pois tais não há no Novo. Hoje o sacerdócio espiritual tem outro sentido. Ele é exercido por todos os cristãos. E, com respeito ao celibato obrigatório, Paulo não o ensinou para ministros, nem para membros da Igreja. Pois o mesmo apóstolo diz: "Mas, se te casares, não pecas; e, se a virgem se casar, não peca". Com respeito à afirmação de que o ministro solteiro possui melhores condições para atender às necessidades do rebanho, há de se atentar para o fato de que a coincidência do "chamado da parteira" poderá suceder somente uma vez por ano. E a esposa e os filhos não são impedimentos. Ao contrário, a esposa auxilia os ministros em casos que envolvam senhoras ou moças, pois mesmo no confessionário dificilmente uma mulher abrirá sua alma para expor a um homem seus problemas mais íntimos. Mas para uma senhora honesta e sincera, uma mulher de qualquer idade ou estado civil confidenciará o drama que a tortura.

Voltando a intervir, e de modo intempestivo, como vinha fazendo, o cônego disse:

— O senhor pastor não se esqueça de que o sacerdote pode resolver todos os casos, através do confessionário, sem a interferência de esposa, pois a confissão é sigilosa e pura!

— A confissão ao padre — replicou o pastor Josué —, sob forma absolutória de sentença, está em oposição à doutrina de João, o suave apóstolo de Jesus. Esses versículos regulam a confissão a Deus, dos pecados que diretamente cometemos, tanto contra Ele como contra o nosso próximo, daqueles com que os ofendemos na justiça e na caridade, suposto já o arrependimento sincero e verdadeiro dos mesmos, com o propósito firme de os não cometer mais, como nos ensinam os atos dos apóstolos, capítulo 3, versículo 19. A confissão auricular, uma inovação, só foi instituída pelo papa Inocêncio III, no quarto concílio de Latrão. No hebraico, o sentido da palavra "penitência" foi desvirtuado. Originalmente, o termo significa mudança de disposição, arrependimento. Mas pode apenas significar pena ou mudança de plano, sem mudança de disposição. Este último sentido do vocábulo também é empregado em Mateus, Coríntios e Hebreus. Portanto, a confissão auricular contraria os princípios e os ensinos bíblicos. Além de tudo, a confissão ao sacerdote resulta apenas da necessidade psicológica irrefreável que tem a alma humana de desabafar as suas mágoas, as angústias e os remorsos, bem como de comunicar as suas alegrias e os júbilos íntimos a um confidente, um amigo, a alguém, enfim, que exerça sobre ela alguma ascendência moral ou espiritual. Mas só Jesus Cristo pode perdoar pecados! Quanto ao sigilo e à pureza de que fala o senhor cônego, temos as nossas dúvidas. Com respeito ao casamento, disse Paulo: "Porque é melhor casar do que abrasar-se". Essa é a opinião de Paulo. Mas esse celibato, apoiado numa tradição discutível e exigida pelo *Código de Direito Canônico*, obriga muitos homens, alguns até bem-intencionados, a uma vida de abrasamento constante, quando não adulterando, ou então possuindo mulheres às escondidas e, em alguns casos, até ostensivamente, sob a complacência de superiores. Conclusão: eles podem pecar; mas contrair matrimônio, não! Que se conceda, e logo, aos sacerdotes o direito à opção; que tenham liberdade para escolher casar-se ou não. Esquivamo-nos da opinião de que os padres sejam estimulados a se casar, para que possam exercer o ministério, pois o Senhor Jesus Cristo disse: "Porque há eunucos que assim nasceram do ventre da mãe; e há eunucos que foram castrados pelos homens; e há eunucos que se castraram a si mesmos por causa do Reino dos céus". Ele deixou claro que deve haver opção. Quem quiser se fazer eunuco por amor ao Reino de Deus que se faça, mas não como condição obrigatória.

CAPÍTULO XX

Convém que o Bispo Seja Casado

— Se tomarmos o termo "bispo" no sentido que a Igreja Romana adota, com relação àquele que aspira ao episcopado, teremos que atentar para o ensino do apóstolo Paulo. Na sua primeira epístola a Timóteo, ele afirma: "Esta é uma palavra fiel: se alguém deseja o episcopado, excelente obra deseja. Convém, pois, que o bispo seja irrepreensível, marido de uma mulher vigilante, sóbrio, honesto, hospitaleiro, apto para ensinar, não dado ao vinho, não espancador, não cobiçoso de torpe ganância, mas moderado, não contencioso, não avarento (e quantos bispos avarentos existem por aí, que deixam sacerdotes à sua sorte, passando privações!); que governe bem a sua própria casa, tendo seus filhos em sujeição, com toda a modéstia; porque, se alguém não sabe governar a sua própria casa, terá cuidado da igreja de Deus?" Portanto, a conveniência do casamento não se restringe aos presbíteros (padres), mas é extensiva aos bispos. À luz da Bíblia Sagrada, a excomunhão ou simples suspensão de ordens aplicadas a um sacerdote pelo fato de pretender ou por haver se casado são ilícitas, erradas e atrabiliárias. Se os chamados superiores aplicam sanções, é porque transformaram a verdade em mentira, dando curso ao cumprimento de doutrinas erradas, que foram introduzidas na Igreja através dos séculos. O pior é que conseguem enganar a maioria do rebanho. Mas são pastores desaprovados por Deus.

Naquele instante, o cônego, já irado, interrompeu o pastor Josué, afirmando em voz alterada:

— Não aceito os seus argumentos, pois são apenas invectivas contra a Igreja Católica. O senhor pastor não me permitiu apresentar as refutações de acordo com o direito canônico e as normas seguidas pela Igreja!

— Calma, senhor cônego! — respondeu o pastor. — Desde o início eu o avisei, e este auditório é testemunha, de que toda minha tese seria desenvolvida com base na Bíblia Sagrada e que a defesa do direito do ex-padre Mont'Alvão seria alicerçada no Código Divino, a não ser que o ilustre cônego admita que o Cristianismo ou a Igreja cristã tenham provindos de outras fontes. Aliás, um dos maiores erros, senão o maior, em que labora a Igreja Romana é o de pretender colocar seus ensinos, suas leis, suas decisões, seus dogmas e o próprio *Código de Direito Canônico* acima do Livro dos livros, do Código dos códigos: a Bíblia! E, quando recorri a outras fontes ou testemunhas, tive o cuidado de mencionar as obras, cuja maioria pertence a autores, membros da Igreja Romana e, nesse caso, insuspeitos. Reconheço que essa Igreja pertence ao ramo do Cristianismo que congrega o maior número de membros e estende sua influência à maioria dos países, mas esse fato não lhe outorga o direito de falar em nome dos outros cristãos, pois os outros ramos ou denominações cristãs, desde a Igreja Ortodoxa à Igreja Reformada somados constituem maioria em relação à Igreja de Roma. Sendo certo que atualmente a Igreja Romana não representa nem cinqüenta por cento dos cristãos existentes em todos os países. Há quem afirme, e com certeza, que os diferentes ramos do espiritismo (exceto a macumba) congregam milhões de adeptos no Brasil. Portanto, "no maior país católico do mundo", o espiritismo avança, tomando membros da Igreja Romana, salvo se ela considera católicos todos os espíritas, inclusive aqueles que pertencem ou freqüentam os cem mil terreiros de macumba, quimbanda etc., sob o nome eufemístico de sincretismo religioso. Mas a verdade é que os praticantes desses cultos não passam de feiticeiros que lidam com demônios. Eles os invocam e os recebem, numa horrorosa abominação ao Senhor Deus, o qual proíbe terminantemente tais práticas. Porém, isso não interessa à Igreja de Romana. Seus membros podem praticar feitiçarias, viver em boa amizade com os demônios. É sincretismo! Falamos aqui, sobre a expansão do espiritismo e da macumba. No entanto, nunca o evangelismo nacional se expandiu tanto, principalmente o pentecostalismo liderado pelas

Assembléias de Deus, que dispõe de milhões de membros. Não se justifica essa jactância do clero romano com respeito à citação numérica de seus membros. Ela ainda é a religião da maioria, mas cada dia está diminuindo o número dos que a praticam e de fato temem a Deus. E a grande questão não é ser religioso e/ou possuir uma religião, mas ter a certeza de ser salvo. E essa salvação só pode ser encontrada em Jesus Cristo.

O reverendo Josué pretendia continuar, quando foi interrompido pelo cônego, que se levantou aos gritos e o atalhou, dizendo:

— As suas estatísticas não me interessam!

— O senhor as conteste, se puder!

A reunião nem foi encerrada, e o cônego saiu esbravejando sem dar atenção ao auditório, que o observava decepcionado. O jornalista o acompanhou.

O pastor Josué, diante da atitude inusitada do seu contendor, que o deixou sozinho na arena, passou a mão sobre os cabelos grisalhos e um pouco desalinhados e levantou-se também. Quando olhou para o auditório, onde maioria permanecia assentada, recebeu uma estrondosa salva de palmas que o deixou confuso.

No momento em que pretendia descer o tablado, foi interceptado por um jovem alto e esguio que trazia na mão um caderno de anotações. Aproximando-se, cumprimentou o pastor com gestos desenvoltos e exclamou:

— Parabéns, reverendo, pela vitória! Até eu aprendi muita coisa na sua palestra.

Após o cumprimento, o moço se identificou, dizendo ser representante de um jornal de outro Estado. Assim, ao escrever com rapidez admirável, o rapaz solicitou uma entrevista. Mas, antes que o entrevistado pudesse articular palavras, o repórter disse em tom de crítica:

— Esse jornalista que acompanhou o cônego pode ser profissional competente e experimentado, mas é muito parcial, interesseiro, vaidoso e, acima de tudo, convencido. Estava certo de que o cônego levaria a melhor. Ele é desses homens de imprensa que, embora bem intencionados, supõem que a cultura, a história eclesiástica e, particularmente, a teologia, são monopólios do clero romano.

— O senhor cônego Montanheiro é um homem culto e inteligente, "mas contra a verdade, só pela verdade", dizia Paulo — respondeu o pastor Josué.

— Não duvido que o jornalista apresente outra versão dos fatos, celebrando a vitória do cônego pelo seu jornal. Mas se o fizer, desmentirei, dando ao meu jornal a versão certa do que ocorreu aqui.

— O senhor estuda? — indagou o pastor.

— Estou no quarto ano de direito. E rabisco notícias para esse jornal que represento.

O jovem jornalista pretendia continuar, quando várias pessoas se aproximaram do reverendo, com a intenção de cumprimentá-lo. Entre essas pessoas se achavam muitos católicos. Dentre todos, destacou-se o ex-padre Alberto Mont'Alvão, acompanhado da esposa, que tinha vindo assistir ao debate e agora queria agradecer ao ilustre defensor. Daísa estava sonolenta e cansada. Durante todo o tempo havia torcido pela vitória do pastor Josué. Mont'Alvão, ao cumprimentar o pastor, agradeceu-lhe o interesse e a coragem de se expor tanto por ele, que nem sequer conhecia.

— Bem, eu não o conhecia, mas sabia que o senhor não merece a disciplina que lhe foi aplicada. Defendi e defendo o direito de os padres se casarem de acordo com a verdadeira doutrina da Igreja de Jesus Cristo. Continuo a afirmar, o celibato obrigatório imposto ao clero romano é um erro. Agradeço-lhe os elogios, mas a honra e a glória pertencem ao Senhor Jesus Cristo.

A palestra ia animada, com muitos ouvintes ao redor, quando Mont'Alvão pediu licença para se retirar com a esposa. Ao se despedirem, ambos convidaram o reverendo Josué para uma visita e almoço. Desejando-lhes muitas felicidades, o pastor voltou a atenção para o repórter, que o observava com impaciência. Queria a resposta sobre a entrevista solicitada. Sempre muito cortês, o pastor combinou com o jovem dia e hora para a entrevista, que deveria ser realizada no escritório do pastor. O repórter disse:

— Está bem. Seja como o senhor sugeriu.

Quando o povo deixou o teatro, o pastor Josué, aparentando cansaço, saiu vagarosamente. Ao chegar à porta da casa de espetáculos, observou que alguns grupinhos discutiam o resultado da palestra, uns mantinham-se contra aquele resultado, a maioria, porém, a favor. Todos, no entanto, estavam coesos num ponto: com respeito ao casamento dos padres o pastor tinha razão, pois mesmo naquela cidade comentava-se muito sobre a conduta de vários sacerdotes.

Quando o reverendo passou, os grupos lhe dirigiam um boa-noite respeitoso que impressionou bastante. Acompanhado daqueles que o acolitavam, o pastor pediu licença aos grupos e distanciou-se uns metros adiante. Parado por uns momentos, no meio da praça situada em frente ao teatro, o reverendo olhou pensativo para as estrelas que àquela hora enfeitavam a abóbada celeste, as quais pareciam corresponder ao seu olhar, piscando rapidamente como num aceno de apoio pela vitória obtida em defesa da verdade. Calado e humilde, o servo de Deus abaixou a cabeça, enquanto os seus lábios moveram-se numa oração em agradecimento a Deus.

— Vitória? — indagou a si próprio, num estremecimento. Se houve, ela não me pertence, mas ao Senhor Jesus Cristo!

CAPÍTULO XXI

A Entrevista do Repórter - Decisão do Último Sínodo

No dia combinado, o repórter compareceu ao escritório do pastor Josué acompanhado de um colega, também estudante de direito. Já no escritório, e sem formalidade, o repórter foi direto ao assunto da entrevista:

— Pastor Josué, qual é a sua opinião sobre a decisão tomada pelo último sínodo reunido no Vaticano, em relação ao celibato para os clérigos da Igreja Romana?

— Não posso responder nesta entrevista tudo que penso sobre a decisão do sínodo e suas conseqüências. Mas poderia julgar a priori todas as conseqüências más, tanto para a Igreja Romana como para a sociedade, por serem muitas as implicações. Pretendo apresentar ou fundamentar minhas respostas em notícias e comentários de jornais sobre a reunião. Aliás, possuo muitos recortes dos jornais que publicaram aquela decisão.

E, exibindo o recorte de um dos jornais, o reverendo Josué destacou:

— Neste aqui, por exemplo, lemos: "O Sínodo Mundial de Bispos". Deveria estar observado: da Igreja Romana, pois possuem bispos e muitos. Portanto, "Mundial de Bispos", no sentido em que foi dito, está errado! Mas, vamos a leitura do recorte do jornal:

O Sínodo Mundial de Bispos aprovou por esmagadora maioria a manutenção do celibato obrigatório para todos os sacerdotes da Igreja latina, anunciou o Vaticano.

— Outro erro, pois só poderia ser para os sacerdotes da Igreja latina, uma vez que o papa não tem jurisdição sobre as outras igrejas cristãs. A vitória, porém, da manutenção do celibato para os padres (romanos) foi muito relativa e até sintomática por razão muito simples: a maioria dos bispos da Igreja Romana que foram convocados não apareceram. O que é de se estranhar, pois somente no Brasil há mais de duzentas dioceses com muitos arcebispados. E, dos duzentos e nove bispos que compareceram ou participaram do sínodo no Vaticano, considerados delegados ou representantes, quarenta e um deles não deram seus votos favoráveis ao monstrengo que é a manutenção do celibato obrigatório. Se for considerada a expressão numérica, que é o fator decisivo em questão de votação de projeto por uma assembléia, o que houve foi uma derrota e não uma vitória.

— E o senhor reverendo acha que a vitória, mesmo relativa, para a manutenção do celibato, trouxe vantagens para a Igreja Romana?

— Não. E por vários motivos. Tenho aqui outro recorte de jornal que afirma que, numa arquidiocese servida por mais de mil e seiscentos padres, apenas quatro deixaram a batina para casarem-se; isso num período de sete anos. Para os defensores do celibato pode parecer uma vitória o fato de que apenas 4 sacerdotes deixaram a batina para se casar. Mas essa não é a questão. O que interessa saber é como estão procedendo esses dóceis celibatários. Viverão uma vida realmente santa, casta, digna e pura? Ou... Além disso, o caso dessa diocese é isolado, pois sabemos que a situação das outras é diferente! Cremos que uma parcela, uma exceção viva, realmente permanece, senão em castidade, pelo menos em continência, com firme e sincero propósito de servir a Deus, procurando cumprir o seu voto. Mas admitir que de mil e seiscentos padres somente os quatro que se casaram viviam em abrasamento é absurdo, inconcebível. E temos razão para chegarmos a essa conclusão, pois há pouco tempo lemos num jornal de grande circulação e prestígio a resposta que um ex-governador de Estado deu a um padre, político, seu ex-correligionário, o qual, pretendendo desmoralizar o ex-governador, tachou-o de farrista e mulherengo ou coisa semelhante. Porém, o ex-governador acusado não deixou por menos, e a resposta foi contundente: "Eu, pelo menos, posso registrar os meus filhos". E o padre político, celibatário e fiel não deu mais um pio! Ora, gerando filhos sem o compromisso de registrá-los nem dar-lhes o nome, não há necessidade de casar-se. A tradicional objeção ao matrimônio não tem nenhum sentido. A decisão tomada pelo sínodo trouxe o desencanto a muitos padres fiéis à sua grei e essa frustração contribuirá para incitar o estado de ânimo já existente. Há de se levar em conta que muitos sacerdotes e bispos, defensores da liberação do matrimônio para os clérigos, não objetivam defesa em causa própria, mas postulam a eliminação de um opróbrio que pesa sobre a Igreja Romana. Todos sabem que o celibato obrigatório tem levado muitos sacerdotes à viuvez da alma e muitos sacerdotes sinceros à deserção. A decisão do sínodo valeu, talvez, pela demonstração de prestígio do papa, mas não contornou nem suavizou a situação. Constituiu-se, por isso, numa vitória de Pirro. Repetimos que a aprovação da manutenção do celibato para os padres, da forma que foi feito pelo sínodo, marcou a demonstração de força da autoridade papal, que firmou mais uma vez o despotismo secular, herdado dos imperadores romanos. O saudoso professor Anísio Teixeira, afirmou: "A força pode destruir, como os atenienses destruíram os habitantes de Mil, mas não consegue forçar o consentimento dos habitantes. Para o consentimento há de haver um ato de opção que não é tomado em face da imposição da força. A força faz-se duradoura e acaba por institucionalizar-se, passando a aplicar punições implacáveis à desobediência". E foi o que sucedeu no caso da decisão do sínodo sobre o celibato: um erro mantido pela força.

Enquanto o repórter tomava nota, o reverendo Josué prosseguia sua exposição. Exibindo mais um recorte de jornal, o pastor acrescentou:

— O padre Robert F. Duryea foi suspenso de ordens ao ser descoberto o seu casamento mantido em segredo durante sete anos. Desse casamento nasceu um menino que conta agora cinco anos. Esse padre, que deixou seu ministério muito contra a vontade, admitiu ter infringido um princípio eclesiástico, mas declarou que estava convicto de que essa lei é prejudicial à vida e ao desenvolvimento da Igreja Romana e deve ser anulada. No primeiro recorte, encontramos também que o sínodo realizado no Vaticano defendeu o celibato, uma tradição de quinze séculos. Ainda bem que eles confessaram que a tradição tem quinze séculos e não vinte. Desse modo, ficou provado que a tradição do celibato para os padres começou no século V, e não no primeiro ou no segundo século do Cristianismo. Outro jornal — continuou o pastor — diz que o papa Paulo VI exortou os fiéis a orar pela pacífica manutenção do princípio do celibato sacerdotal aprovada maciçamente pelo sínodo dos bispos. Esse pedido de oração pela manutenção do celibato não passava de uma ironia. Por causa da manutenção do celibato, quantos adultérios e concubinatos continuarão a ser praticados por sacerdotes que, sinceramente, gostariam de constituir os seus lares! No entanto, mesmo procedendo irregularmente, em pecado contra o corpo, muitos sacerdotes errados continuarão vivendo uma suposta santidade, graça, justiça e paz, como insinuou o papa. Voltamos a afirmar que sempre houve e há exceções honrosas. Mas, em regra geral, o que prevalece é o aspecto negativo. E assim afirmamos, fundamentando-nos em fatos. Um ex-padre, moço de menos de trinta anos, quando deixou a batina, não porque desejasse se casar, mas por divergências com seus superiores, foi vítima de abrasamento insuportável (quando ainda exercia o sacerdócio). O desejo o arrasava. Porém, como fosse sincero na guarda do voto de castidade, evitou qualquer relacionamento com o sexo oposto, bem como outros recursos, embora encontrassse facilidades até mesmo entre algumas "piedosas". Ele procurou afastar-se de todas as oportunidades, todavia o sofrimento persistiu inexorável. Para vencer aquela situação, o padre lia os livros de meditações, chegando a rezar durante noites. E nada conseguia diminuir a exigência do instinto. Resolveu, então, procurar um superior digno e expor-lhe a sua luta. Nesse momento, apareceu um colega que havia passado por idêntica situação. Este o aconselhou que procurasse o bispo X, de uma das dioceses mais importantes do país, pois era um homem conselheiro e piedoso. Ao chegar àquela diocese, marcou logo uma confissão. No dia designado, ajoelhou-se humilde diante do confessionário e do superior. E, com lágrimas, contou o quanto sofria com o demônio do desejo. Já no meio da confissão, foi surpreendido pelo conselho ou sugestão do piedoso confessor que, sem mais rodeios, o aconselhou: "Com respeito ao assunto ou desejo que o atormentava você pode e deve procurar uma mulher. Proceda, porém, com cuidado, pois um sacerdote deve ser discreto, a fim de evitar escândalo para a Igreja. Um sacerdote, disse o confessor, não deve procurar uma mulher todos os dias, mas uma vez por mês, não há nada de mal". Não preciso dizer que a decepção do padre não encontrava paralelo em sua vida. Apesar disso, resolveu obedecer ao conselho, deixando as conseqüências por conta do confessor. Pouco tempo depois, deixou a batina. Não seria mais decente e sensato, se o bispo tivesse aconselhado o rapaz a se casar, constituindo um lar dentro dos moldes legais e corretos perante Deus? Essas invectivas não visam atingir a Igreja Romana como Igreja, mas apontar os seus erros e suas pretensões de "única igreja" magistral e incontestável. O intuito é reafirmar que a conservação do celibato para os sacerdotes é obrigatoriedade iníqua, pois tem trazido e continuará trazendo grandes males ao Cristianismo. Porém a Bíblia — o Código Divino — está acima de todos os códigos e, principalmente, sobre o de direito canônico. Notícias vindas do Vaticano e publicadas em jornais confirmam:

> Um milhão e meio de pessoas está a serviço da Igreja Católica em todo o mundo como sacerdotes, frades e freiras, segundo estatísticas do Vaticano, divulgadas em todo o mundo, nos últimos tempos.

— Apesar disso, a Igreja Romana sofre grande escassez de vocações, pois milhares deles desertam anualmente e, às vezes, é difícil encontrar quem possa substituir os que morrem. Pode-se, forçosamente, concluir que a Igreja Romana nunca passou por crise tão alarmante, no tocante à escassez de sacerdotes, e tende a piorar com a manutenção do celibato obrigatório para os seus clérigos.

— O senhor tem razão — respondeu pensativo o jovem repórter.

— E, agora, com a excomunhão do padre Alberto Mont'Alvão, a Igreja Romana perdeu mais um grande sacerdote.

— Um homem de bem — confirmou o pastor Josué Miranda, estendendo a mão ao repórter que se despedia, impressionado com a gentileza do reverendo.

CAPÍTULO XXII

O Regresso do Seu Jerônimo

Como vimos, Jerônimo Portela, após os acontecimentos na casa do cunhado, o Dr. Gerôncio, regressou à cidade e, depois de abastecer o carro, seguiu para a fazenda. Durante a caminhada de volta não falou com ninguém. E Saturnino, que o observara discretamente, pôde ver várias vezes quando o patrão tirava o lenço do bolso e enxugava os olhos intumescidos. Fora ferido no sentimento de pai amoroso e homem de brio. Havia nele uma sensação de derrota. Foi nesse estado de espírito que chegou em casa.

Dona Genoveva, a esposa dedicada e compreensiva, foi esperá-lo ao pé da escada, mas ele, olhando-a tristemente, não lhe disse palavra. Subiu a escada e já na sala chamou Saturnino, que o atendeu rapidamente:

— Não diga nada a ninguém! Guarde segredo do que se passou conosco. Vou me deitar. Estou sentindo dor de cabeça e tonturas.

— Quer que eu vá chamar o médico, seu Jerônimo? Vou neste momento!

— Não quero médico e, principalmente, o Dr. Eusébio, aquele ordinário! E não diga a ninguém que estou doente.

— Sim, senhor, meu patrão, vancê manda. E não vou falá nada pra ninguém.

— E, especialmente para a Margarida, aquela linguaruda.

— Tá certo!

A fazendeira ouviu tudo em silêncio. Depois, tomando o marido pelo braço, o levou até o quarto, onde ajudou-o a tirar os sapatos, o paletó e a camisa. Enquanto o auxiliava, Jerônimo em poucas palavras contou-lhe os principais lances do que se passara na residência do cunhado Gerôncio.

— Mas ela está bem? — indagou timidamente Dona Genoveva.

— Deve estar. Não a vi. E foi melhor assim, pois eu poderia ter feito até uma loucura. Você conhece meu temperamento.

— É! Dos males, o menor — respondeu a fazendeira, quase chorando.

Portela deitou-se bem estirado na cama grande e confortável. Dormiu um sono pesado e longo. Alta noite foi acordado pela esposa, que insistia para que tomasse alguma coisa, algum alimento sólido ou não, como desejasse, mas ele recusou terminantemente a oferta, preferindo dormir.

Pela manhã, acordou tristonho e calado, dirigiu-se ao feitor da fazenda e determinou-lhe que tomasse conta da administração durante aqueles dias, pois não se sentia bem.

Na fazenda, os camaradas não tocavam no assunto, mas todos sabiam a causa do sofrimento do patrão e o respeitavam.

Dois dias após o regresso de Jerônimo Portela, Dona Genoveva foi até a um dos monjolos, onde uma velha empregada torrava a farinha de fubá de milho curtido. Ali começou a ajudar a velha serviçal. Depois de alguns minutos, como se tivesse lembrado de alguma coisa muito importante, determinou que a empregada fosse chamar Saturnimo, que estava curando umas bicheiras de um garrote. Ele atendeu pressuroso ao chamado da patroa, senhora bondosa.

Depois de lavar as mãos na bica d'água, ao lado do monjolo, Saturnino se aproximou do forno, onde se encontrava a patroa. Esta, ao vê-lo, ordenou:

— Venha aqui, pois preciso de um serviço seu.

— Às suas ordens, Dona Genoveva — falou o camarada, atencioso.

— Vamos até ali, próximo da bica.

— Sim, senhora!

A fazendeira e o empregado postaram-se ao lado da bica volumosa, cujo barulho servia para impedir que a velha torradeira de farinha, já um tanto surda, pudesse ouvir a conversa entre os dois. Podia vê-los, mas não conseguia ouvi-los. Dona Genoveva, quase ofegante, numa ansiedade incontida, perguntou pela filha Daísa e pelo sucesso da viagem. Queria saber tudo, mas tudo mesmo, pois o esposo até aquele momento não lhe havia falado nada com respeito ao resultado. E ela sofria muito.

— Bem, a senhora sabe que o patrão nos proibiu de falar nesse assunto.

— Sim, mas não para mim, que sou a mãe de Daísa e sua patroa também. Para os de fora, sim, você não deve falar. Porém, eu quero e preciso saber tudo. Mas tudo mesmo!

— Assisti e tomei parte em tudo, mas não disse nada pra ninguém. Nem pra Margarida.

— Ela já sabe tudo. Não é necessário que você lhe diga nada. Sei que ela ajudou Daísa na sua fuga. Desde aquela tarde em que as duas conversaram lá embaixo das laranjeiras que eu tenho certeza de que ela ajudou Daísa.

— Disso, eu não sei, não senhora. Eu sei é que a esta hora Dona Daísa tá casada, e bem casada. E já viajou pra capitar.

— Como você sabe?

— Uai, o Dr. Gerôncio, aliás, o Gonçalo, camarada dele, me contou tudo. Não tem perigo, não, "sá" Genoveva. A moça tá casada e muito feliz.

Saturnino contou com detalhes todos os episódios, inclusive o encontro de Mont'Alvão, lá na casa do fundo do quintal da residência do Dr. Gerôncio.

— Então você tem certeza de que eles estão casados?

— Sim, senhora. Já estava tudo arrumado, até os papéis.

Dona Genoveva respirou aliviada e respondeu:

— Não sei quando poderei ver minha filha.

— É muito fácil. É o patrão largá de brabeza, qui tudo se ajeita.

— É, vamos esperar em Deus.

— É melhó mesmo — respondeu Saturnino, pensativo.

— Pode voltar. Vá continuar a cura do garrote.

— Sim, senhora. Dá licença.

A fazendeira entrou novamente na casa do monjolo, junto ao forno, e provou um punhado da farinha quente e saborosa. Depois voltou à casa grande da fazenda, onde encontrou Portela assentado na sala maior, calado, meditativo e olhando para o teto. Então, sem mover a cabeça e fazer quaisquer gestos, indagou à esposa:

— De onde você vem?

— Do monjolo. E você precisa se animar, pois o que tinha de acontecer já aconteceu mesmo.

— Há momento em que sinto desejo de ir à procura dos dois e, ao encontrá-los, descarregar o revólver em ambos. Mas quando me lembro da minha filha, a quem tanto estimava, sinto dor no coração e um nó na garganta. Logo com ela foi suceder isso, com a minha Daísa.

Enquanto dizia essas palavras, Portela enxugou uma lágrima que, indiscretamente, lhe descia pela face cansada.

A esposa, que o ouvia em silêncio, exclamou:

— Seria pior, se não houvessem se casado.

— Sabe, Veva, estou doente. Sinto um peso na cabeça, não tenho apetite e estou sentindo febre. Quero ir para o quarto.

Nos dias seguintes, Jerônimo Portela não se levantou. Durante uns três meses, não saiu ao curral. Sua caminhada era do quarto para a sala, e desta para o quarto. Não permitiu que se chamassem médicos. Nem o Dr. Eusébio, nem outros. Emagreceu muito e continuava deprimido. Quanto aos medicamentos, aceitava apenas alguns "cordiás" feitos pela velha Júlia, que era torradeira de farinha no monjolo.

Insistiram para que se submetesse a tratamento de saúde em hospital, mas não aceitou. Permanecia desanimado e sem interesse pela administração da fazenda. Era um acabrunhamento total. Assim se passaram meses e até quase um ano. Dona Genoveva não sabia mais o que fazer para que o marido se reanimasse. Sentia que, se continuasse naquela situação, não escaparia à morte. E parecia que esse era o seu desejo: sofrer até morrer.

Na fazenda, todos sentiam a situação do patrão. Até Margarida, antes tão loquaz, andava calada e pensativa.

O velho Garcia, fabricante de jacás e tulhas de bambus, havia se reconciliado com a igreja evangélica da qual fora excluído por desobediência e valentia. Agora era outro homem. Ia à cidade quase todos os domingos para assistir aos cultos. Não perdia uma Santa Ceia. Em seu lar havia paz e oravam sempre, entoavam hinos e glorificavam o nome de Jesus. Além disso, obteve licença do seu Jerônimo Portela para realizar cultos em sua residência.

Margarida também se decidira a servir Jesus, aceitando-o como seu Salvador. Deixou também de andar com mexericos e falatórios impróprios. Quanto ao seu casamento com Saturnino, condicionou-o à conversão do rapaz, e que o mesmo desse frutos, bom testemunho e prova de que estava liberto dos vícios. E, para surpresa de todos, na fazenda dos Portelas, Saturnino deixou de fumar, não tomava mais bebidas alcoólicas nem xingava mais as criações. E, quando diziam que ele se fingia de crente somente para poder se casar com Margarida, Saturnino respondia:

— O Senhor Jesus Cristo me libertou de todos os vícios, e nem ando mais armado. Vendi minhas armas. Agora quem me guarda é o Senhor Jesus. Tudo mudou em minha vida. Quanto ao meu casamento com a Margarida, estou orando; se for da vontade do Senhor, nos casaremos. Se não for, Ele me dará outra como esposa e também quero que seja liberta e dê frutos de arrependimento.

Todas essas coisas aconteceram durante aquele ano, após a fuga e o casamento de Daísa com Mont'Alvão.

CAPÍTULO XXIII

O Filho do Padre Mont'Alvão

Os primeiros cultos realizados na residência do pai de Margarida despertaram certa curiosidade nos agregados. O velho Garcia não dava testemunho, não dizia nada porque a sua condição de antigo desviado não permitia. Todos o conheciam como crente expulso da igreja. Porém, agora, reconciliado e perdoado pela igreja evangélica à qual pertencia, procurava viver uma vida condigna, e todos sentiam que algo diferente estava acontecendo. Nesses cultos, sempre dirigidos por um presbítero que vinha da cidade, Saturnino aceitou Jesus Cristo como seu suficiente Salvador. No entanto, ninguém na fazenda dos Portelas acreditava na sinceridade do moço. Todos estavam certos de que a sua atitude fora movida por interesse em se casar com Margarida. Seria um expediente para agradar o pai da moça, como muitos procedem, diziam. Mas não há sobre a terra, ou fora dela, quem possa enganar o Espírito Santo de Deus.

Saturnino foi sincero. Não mudou de religião. Estava interessado pela salvação e encontrou-a em Jesus, por isso recebeu transformação em sua vida. Não faltava aos cultos públicos e comparecia também aos cultos de oração sempre que podia.

Outros agregados também aceitaram Jesus Cristo como Salvador. Alguns não persistiram, porém a maioria daqueles que aceitaram permaneceu fiel.

Um dia, um dos camaradas, o Afonso, principal retireiro da fazenda e homem de confiança que fazia entrega do leite na cidade, foi assistir a um culto realizado na casa do velho Garcia. Naquela noite, o dirigente falou sobre o poder de Jesus para curar os enfermos e citou o caso da mulher que sofria, há anos, de um fluxo de sangue e de como recebera a cura ao tocar em Jesus, que estava cercado pela multidão.

Afonso ouviu aquela pregação e foi despertado para o seguinte fato: ele não tinha o fluxo de sangue como aquela mulher de que falara o pregador, porém sua filha de doze anos era paralítica de ambas as pernas, em conseqüência de uma paralisia que sofrera quando ainda muito pequena. Andava de muletas e com dificuldade. Afonso pensou: "Ora, se Jesus curou aquela mulher, por que não pode curar minha filha?" Ao término do culto houve apelo para quem desejasse se entregar. Afonso não aceitou, mas ao voltar para casa naquela noite fizera um propósito no seu coração: no primeiro culto traria sua filha e, se Jesus a curasse, ele o aceitaria como Salvador. Avisou a esposa e, no sábado seguinte, juntos, levaram a filha quase carregada. Atencioso e emocionado, assistiu ao culto e ouviu a pregação. O pregador citara as palavras de Jesus: "Tudo é possível ao que crê!"

Não suportando mais o inusitado desejo de ver a filha liberta daquela situação, interrogou o pregador, expondo o sofrimento da menina.

O dirigente, com paciência, ouviu as palavras angustiadas daquele homem e respondeu:

— O senhor se entrega a Jesus, confia nEle, e Ele tudo fará. Não é certo exigir do Senhor, mas confiar no seu poder. Antes que fosse feito o apelo, Afonso foi à frente e ajoelhou-se. Sua esposa o acompanhou no gesto. Após a oração, feita com muito fervor, o presbítero disse a Afonso:

— Se o senhor permanecer fiel, o Senhor Jesus Cristo fará a obra completa!

No dia seguinte, o retireiro verificou que a menina andava com mais facilidade, inclusive estava alegre, brincando e sorridente. Ao avistar o pai, disse-lhe com naturalidade confiante:

— Papai, Jesus está me curando! Vou ficar boa. E, quando não precisar mais das muletas, eu irei ao culto para aceitar Jesus. Vou ser crente.

Afonso, tirando o chapéu velho e desabado que lhe cobria os cabelos meios grisalhos, falou quase num grito:

— Graças a Deus! Você vai sarar, sim, minha filha!

E assim aconteceu. Dois meses depois, a menina estava completamente curada. Afonso, na sua gratidão a Deus, ofereceu sua casa para que nela se dirigissem cultos.

Essas notícias chegaram ao conhecimento de Dona Genoveva, que era muito religiosa e devota de Agostinho. Mas um dia, pela manhã bem cedo, quando os camaradas tiravam o leite das vacas, verificaram que a filha de Afonso, a ex-paralítica, estava auxiliando o pai, amarrando bezerros, tangendo as vacas e dando ração às criações. Foi grande o espanto de Dona Genoveva. Ela limpou os olhos para ver melhor:

"Não é possível!" pensou. Não podendo conter a curiosidade, chamou Afonso, que veio correndo:

— Sim, senhora, patroa. Jesus curou minha filha. E agora, lá em casa, todos somos crentes.

— E por que a senhora não pede para o nosso presbítero orar pelo patrão?

A fazendeira deu um suspiro e respondeu:

— A doença de Jerônimo é mais espiritual do que física. Você sabe de tudo que aconteceu, e ele tem sofrido muito.

— Eu sei, Dona Genoveva, mas Jesus pode curar. Não há doença que Ele não cure, basta que a gente confie.

— Na próxima reunião, você diga ao seu dirigente pra vir aqui orar pelo Jerônimo. Eu vou falar com ele.

— A senhora pode esperar, que Jesus vai fazer uma obra maravilhosa.

— É, mas não vamos pra essa religião. Temos a nossa.

— Não faz mal. Deixa isso com Jesus. Ele resolverá da melhor forma.

Ao terminar a palestra, o camarada pediu licença e voltou ao seu trabalho, assobiando a estrofe de um hino.

Passados uns dias ou um mês, Jerônimo Portela concordou em receber as orações do humilde servo de Deus que dirigia aquela congregação constituída, em sua maioria, por empregados da fazenda. As orações de Afonso e de outros crentes foram respondidas. No dia combinado, o presbítero foi levado até a sala de reuniões. Portela já o esperava. Antes de orar, o servo de Deus pediu licença para ler alguns versículos na Bíblia Sagrada. Após a leitura, orou com as mãos estendidas sobre a cabeça e os ombros do fazendeiro. Portela sentiu uma virtude, um efeito benéfico sobre o seu corpo, que lhe atingiu até o coração, conferindo-lhe um bem-estar diferente.

Ao terminar a oração, com a mesma humildade com que entrara na sala da casa-grande, o dirigente, pedindo licença, saiu sem esperar o café que Dona Genoveva mandara preparar. No dia seguinte, Jerônimo Portela sentia-se outro homem, alegre e disposto. A oração tivera o efeito de um bálsamo estranho e maravilhoso, que lhe descera sobre o corpo e a alma.

Enquanto sucedia tudo isso na fazenda dos Portelas, na capital, Mont'Alvão e sua esposa esperavam com ansiedade o nascimento do primeiro filho, que veio no tempo aprazado pelo médico. Um garoto robusto, bonito e exigente da mamada na hora certa. Daísa tivera um parto normal e rápido. Moça sadia, não dependia do preparo de mamadeira para o filho, alimentando-o exclusivamente no seio.

Mont'Alvão passava muitos minutos embevecido, assistindo à esposa dar o seio ao rebento que, apesar de muito tenro, mamava ofegante e guloso. Um quadro lindo, humano e divino ao mesmo tempo. Daísa, como muitas mães, pura e sincera, logo após o resguardo voltou à luta normal dos trabalhos domésticos, embora contrariando o marido, que insistia para que conseguisse uma empregada. Daísa recusava a sugestão do esposo e, muitas vezes, no santo desalinho da maternidade, deixava que os seios bojudos ultrapassassem a abertura do decote da blusa ou do vestido.

Apesar de quieta, feliz e conformada, ela sentia uma saudade imensa da sua fazenda e, especialmente, dos pais. A figura de homem áspero mas bonachão e amoroso do pai não lhe saía do pensamento. Tinha desejo de escrever, pedindo perdão pelos dissabores que lhes causara. E agora, com o filhinho, sentia um desejo inusitado de escrever e enviar-lhes uma fotografia do primeiro neto.

Ao tirar a primeira fotografia do menino, que se chamou Alberto Mont'Alvão, consultou o marido sobre a conveniência ou não de enviar uma carta aos pais, acompanhada de uma fotografia do filho. Alberto Mont'Alvão, homem sensato e esposo compreensivo, aquiesceu prontamente ao desejo da esposa, com a condição de que ela assumisse a responsabilidade pelos resultados.

Poucos dias depois, Daísa escreveu aos pais em linguagem repassada de amor e afeição filial. Na missiva, reconhecia todas as faltas cometidas e pedia perdão. Fez um resumo de tudo que acontecera desde quando chegou à capital. As lutas e vitórias foram descritas sem rodeios, inclusive a extraordinária defesa que o reverendo Josué havia feito do ex-padre Mont'Alvão, o qual daquela data em diante se tornara popular e até procurado por muitas pessoas que desejavam ajudá-lo.

A carta foi enviada em nome de Dona Genoveva, mas aos cuidados de Dona Sílvia que, ao receber a missiva, reconheceu a letra da sobrinha. Aliás, Dona Sílvia, mulher lida e inteligente, acompanhara pela imprensa o resultado da polêmica do pastor Josué Miranda com o cônego Montanheiro.

No dia seguinte, viajou para a fazenda dos Portelas. Ao chegar apresentou-se apenas como uma visita — uma pessoa da família que visitava a fazenda e os parentes. No entanto, num momento a sós com Genoveva procurou expor o verdadeiro motivo da sua visita. E, após um preâmbulo, entregou-lhe a carta. Dona Genoveva abriu-a rapidamente e foi surpreendida com a fotografia do netinho, gordo e mimoso. Quase soltou um grito de alegria. Depois continuou a leitura das várias laudas de papel. A carta era longa e sentida — um verdadeiro jornal. Ao terminar a leitura, sentia um misto de felicidade e tristeza.

— Você acha conveniente mostrar a carta ao Jerônimo? — indagou Dona Sílvia, pensativa.

— Tenho de prepará-lo primeiro, procurando saber até que ponto ele aceitaria a situação e a carta. Jerônimo é homem amoroso, mas muito temperamental.

— Você tem razão, Veva — respondeu Dona Sílvia, arrumando os cabelos.

Passados uns dois dias, a fazendeira perguntou ao marido se soubera qualquer coisa a respeito de uma discussão que houvera entre um cônego e um pastor protestante a respeito da situação do ex-padre Mont'Alvão. Ele respondeu:

— Soube, sim. O Afonso, certa vez, quando voltava da cidade, trouxe uns jornais para eu ler. Não sei quem lhe deu, nem perguntei. Mas li-os todos. E um deles exibia em manchete a tal polêmica, da qual saíra vitorioso o pastor protestante. Mas não conheço detalhes.

Fiquei satisfeito por saber que minha filha não está tão mal. Encontra-se muito feliz, apesar de tudo. Somente a saudade pode torturá-la, sem dúvida. Não creio que ela sinta saudades, pois não se lembrou de escrever. Mesmo na situação em que as coisas sucederam, não deveria se esquecer de nós, principalmente para pedir perdão.

— E se eu lhe disser que Daísa escreveu?

— Se já escreveu, a carta deve ter sido extraviada, pois até hoje, que eu saiba, não chegou uma carta.

— Chegou sim, Jerônimo. A Sílvia trouxe-a.

Dona Genoveva entregou ao esposo a missiva, mas sem o retrato do netinho. O fazendeiro leu uma, duas e três vezes. Depois ficou meditativo e perguntou:

— Onde está o retrato do meu neto?

— Está aqui. Uma belezinha! — falou Dona Genoveva, entregando-lhe o retrato do menino.

— Parece com a nossa família, — afirmou Portela, acertando os óculos para ver melhor o rostinho do bebê.

— Que vamos fazer agora? — perguntou a fazendeira, procurando verificar a reação do marido.

— Vamos convidá-los a passar uns tempos aqui na fazenda. São donos também. E eu quero ver a minha filha... e o meu neto. Pode responder a carta, falando do nosso contentamento. Mas com relação ao perdão, somente com a presença dos dois aqui. Se o Mont'Alvão for homem, virá falar comigo!

— Está certo, Jerônimo. Vou escrever ainda hoje, para que a Sílvia ponha no correio.

Desde que o presbítero fizera aquela oração, Portela se sentia animado de corpo e de espírito. Não alcançara o estado moral que possuía antes dos acontecimentos de que a filha Daísa fora pivô principal. Mas já estava muito melhor, inclusive voltou a dirigir pessoalmente a administração da fazenda.

Quanto à religião evangélica, passou a conceituá-la de modo diferente, verificando que, de fato, os verdadeiros crentes em Jesus possuem algo que lhes foi outorgado por Deus: uma fé viva, e não uma religião tradicional e formalista.

Dona Genoveva escreveu à filha de acordo com as instruções do esposo. Foi sóbria na linguagem, mas deixou bem clara a satisfação causada pelo recebimento da carta e pelo retrato do netinho. Fez também o convite, conforme Portela recomendara.

CAPÍTULO XXIV

O Padre Mont'Alvão Volta à Fazenda do Sogro

Quase um mês após a remessa da carta, Daísa, ansiosa, aguardava a resposta. E esta chegou mais rápida do que podia esperar.

Numa tarde, quando preparava o jantar, o carteiro bateu à porta gritando: "correio!" Depois de assinar o recibo do registro, tomou a carta e, ao olhar o envelope, reconheceu a letra da mãe. A alegria foi tão grande que não sabia se cuidadava da panela, do filho ou abria a carta. Em pé, ainda junto à porta da sala, abriu nervosamente o envelope, lendo avidamente o conteúdo que não era muito extenso, mas suficiente para tranquilizá-la e, sobretudo, dar-lhe a certeza de que os pais a perdoariam. Ela conhecia muito bem o seu pai. Sabia que Jerônimo Portela era homem impulsivo e violento, mas possuía um coração de ouro. Homem profundamente sentimental e amoroso para com ela, principalmente. Estava certa de que com a presença do netinho e se suas primeiras palavras fossem de pedido de perdão, o pai a perdoaria até com lágrimas. Seu coração bondoso não suportaria muita coisa. Aliás, a filha de Portela estava certa, pois na Bíblia Sagrada está escrito: "O que encobre as suas transgressões nunca prosperará; mas o que as confessa e deixa alcançará misericórdia".

Daísa leu a carta muitas vezes. Chorou ao se lembrar dos pais, mas já antegozava a alegria do regresso à fazenda. Agora dependia de Mont'Alvão. E se ele não concordasse em voltar e pedir perdão ao sogro? Já cuidando novamente das panelas na cozinha, Daísa cantarolava baixinho, na felicidade que a notícia dos pais lhe proporcionava.

Às sete horas da noite, Mont'Alvão chegou cansado e sério, como de costume. Com o paletó pendurado na mão esquerda, foi ao quarto onde o menino estava deitado no berço. Este ao vê-lo, sorriu, bateu as perninhas rapidamente e esticou o corpinho. Alberto Mont'Alvão levantou-o à altura do rosto, beijou-lhe o rostinho corado e as mãozinhas gordas. Depois, na justificada corujisse, foi à cozinha onde Daísa, atarefada, voltou-se para o marido e o filho, beijando-os. O bebê estendeu-lhe as mãozinhas. Lembrou-se, talvez, da mamada. Mas ela prosseguiu nos afazeres. E, enfiando a mão no seio, retirou a missiva que recebera e entregou-a ao esposo. Mont'Alvão franziu a testa. Daísa acudiu:

— A resposta veio melhor do que eu esperava!

Alberto, sério, continuou a leitura. Ao ler pela segunda vez, disse:

— As coisas melhoraram para o nosso lado, mas acho a carta um tanto resumida.

— A letra é de minha mãe, porém quem ditou a carta foi o meu pai. Minha mãe por sua vontade teria escrito mais, muito mais. Contudo, isso prova que o meu pai está nos convidando indiretamente para que voltemos. O que você acha?

— Se desejar, podemos ir no fim desta semana. Faremos uma surpresa. Será melhor. Mesmo porque não quero provocar curiosidades. Iremos discretamente. Bem, vamos jantar.

Alberto Mont'Alvão interrompeu o diálogo com a esposa. Mas, à mesa, durante o jantar, ela voltou ao assunto, e o analisou sob vários aspectos. Ao final, resolveram que a viagem seria mesmo no fim do mês, e não naquela semana. Seria, realmente, uma surpresa! Quando o povo curioso soubesse, já estariam na fazenda dos Portelas. Alberto, que era um dos chefes na firma onde trabalhava, conseguiu dispensa por vários dias, sem prejuízo de remuneração.

Num sábado à noite, os dois chegaram de automóvel. Levavam poucas malas e o nenê. No curral, foram recebidos por alguns camaradas que passavam por ali. Daísa pediu silêncio, pois queria que a surpresa fosse completa. Subiu a escada acompanhada pelo marido e por um empregado da fazenda, que conduzia as malas. Quando entrou no salão, encontrou o pai deitado sobre o divã. Portela levantou-se num salto e encontrou-se frente a frente com a filha e o genro. Ela, com o filhinho choramingando pelo cansaço da viagem, ajoelhou-se humilde, chorando aos pés do pai que por um momento encarou de frente, de homem para homem, o ex-padre Alberto Mont'Alvão. Este olhou-o dentro dos olhos e estendeu a mão num gesto de cavalheiro. Jerônimo também correspondeu àquele cumprimento, e depois o abraçou rapidamente, voltando-se para a filha que continuava ajoelhada, quase tocando a cabeça no joelho do pai. Portela levantou-a daquela posição incômoda e estendeu-lhe a mão, que a filha beijou sofregamente, enquanto continuava a repetir:

— Perdoe-me, meu paizinho. Eu o quero tanto, Deus o sabe. Se houver ainda um lugar para mim no seu coração, perdoe-me e pegue o seu netinho. Trouxe-o para que o senhor o visse.

O fazendeiro parecia impassível, indiferente. A criancinha, talvez pela posição que a mãe a constrangera por alguns minutos, chorava sentido e a plenos pulmões. Daísa segurava o filho com uma das mãos e com a outra abraçava o pai, apertando a cabeça junto ao seu peito largo. Portela, como fazia antigamente, acariciou-lhe os cabelos. Depois, levantou a cabeça da filha e olhou-a demoradamente, a testa bonita e os olhos meigos, dizendo por fim:

— Sim, minha filha, eu vou perdoá-la, mas exijo que proceda dignamente como uma Portela.

Daísa entregando o menino, que continuava chorando, ao marido, abraçou longamente o pai, beijando-lhe a testa e as mãos:

— Quero a sua bênção, meu pai! Preciso de sua bênção, embora não mereça.

Enquanto dizia essas palavras, a moça chorava junto ao peito do pai:

— Já te abençoei! — respondeu Jerônimo.

Voltando-se para o genro, ressaltou:

— Quanto ao senhor, sinta-se em sua casa. É da família. Águas passadas não movem moinhos.

— Obrigado, senhor Jerônimo. O senhor é um homem digno — respondeu Mont'Alvão.

Dona Genoveva, que ouvira o choro da criança, viera correndo, porém não interveio nos diálogos. Daísa, já refeita das primeiras emoções, abraçou a mãe, que também chorava:

— Peço perdão à senhora, mamãe. Eu a quero tanto. Sofri muito durante a nossa ausência. Sei que precipitei os acontecimentos. Fui culpada, mas eu amo demais esse sujeito.

Enquanto falava estendeu o dedo indicador, acusando Mont"Alvão, que respondeu-lhe:

— É, eu sou mesmo o grande culpado. Mas a amo tanto que até mudei o curso de minha vida.

— Deixem de namoro. Chega! Agora, Veva, vai preparar algo ou chama a empregada para fazê-lo, precisamos comer alguma coisa. Estamos com fome.

Daísa, que havia se assentado para amamentar o filhinho, levantou-se e acompanhou a mãe até a cozinha. No entanto, ao chegar, teve outra grande surpresa: Margarida a esperava na porta. Ali se abraçaram e choraram, enquanto Dona Genoveva arrumava os paus de lenha no fogão.

— Como você soube que eu tinha chegado?

— Nós távamos esperando. Orando por vocês e pedindo a Jesus pra amolecê o coração do seu Jerônimo e lhe perdoá. Agora vi que Jesus respondeu à nossa oração.

— Você está mudada. Que foi isso?

— Bem, agora somos crentes. Aceitamos Jesus como o nosso Sarvador. Meu pai se reconciliou com a igreja e a minha mãe também.

— Sarvador, não, Margarida, Salvador.

— Bem, de um jeito ou de outro que a gente fale, Ele sarva mesmo. E eu estava aqui na cozinha acabando de arrumá as louças, quando ouvi o baruio do otomove, e depois escuitei o choro do bebê.

Enquanto dizia essas coisas para Daísa, Margarida tomou a criança nos braços e disse:

— Que beleza, uma lindeza de criança. Você também é muito bonita, e seu marido não fica atrais.

O menino já dormia quietinho quando Dona Genoveva pegou-o carinhosamente, com todo cuidado para não acordá-lo. Margarida, que havia tomado conta do fogão, voltou para dizer a Daísa:

— Sabe, tenho muita coisa pra lhe contar. Mais tem tempo.

A fazendeira, com o netinho nos braços, perguntou várias coisas à filha, que prometeu contar tudo que se passou com ela, inclusive a polêmica entre o pastor Josué e o cônego Montanheiro.

— Aqui na fazenda tem acontecido algumas coisas interessantes. Devido ao que se sucedeu, o seu pai resolveu permitir que os crentes dirigissem cultos na fazenda, e o resultado é que muitos se tornaram crentes. Até mesmo o Saturnino. Ele deixou de beber e não xinga mais as criações. Está outro homem. O Afonso, nosso melhor retireiro, também já é crente.

— Mas, o Afonso, que sempre ia à missa conosco?

— Sim. Ele mesmo. E você se lembra daquela menina paralítica desde pequena? O Afonso levou-a para assistir a um culto lá na casa do Garcia, pai da Margarida, e, ao final da reunião, pediu oração ao dirigente, e a menina sarou. Está completamente curada. Um milagre! Então se tornou crente. E assim muitos outros. Amanhã o pastor da igreja virá efetuar um batismo à moda deles. Já prepararam o lugar ali no córrego. Parece que vão trazer até a banda e o coro aqui. Aliás, nunca tive oportunidade de ouvir um coro da igreja protestante.

— E meu pai consentiu, mamãe?

— Consentiu, sim, pois o tal dirigente, que eles chamam de presbítero, orou também por seu pai, e ele foi restabelecido.

— De minha parte, sou muita agradecida ao reverendo Josué, que defendeu o Alberto com coragem e convicção dos homens de bem. E, sobretudo, demonstrou pela Bíblia que os sacerdotes podem se casar realmente, como provou também, pela própria história da Igreja Romana, que no início do Cristianismo, ou seja, nos primeiros séculos, quando a Igreja de Jesus Cristo não se chamava Católica Romana nem protestante, os ministros eram casados. O reverendo Josué Miranda provou ainda que essa proibição de que os sacerdotes se casem foi uma inovação que teve início a partir do fim do século IV, desde que a igreja fora fundada em Jerusalém; pois a igreja mais antiga foi fundada pelos apóstolos, logo após a ressurreição do Senhor e o dia de Pentecostes. Nesse momento, quero consignar ao ilustrado reverendo Josué Miranda o preito de minha imorredoura gratidão, pela brilhante defesa que fez de meu marido, o ex-padre Alberto Mont'Alvão. Entendemos que os padres não devem ser obrigados a se casar, porém devem ter o direito de opção. Pessoalmente — continuou Daísa — confesso que aprendi muitas verdades que desconhecia. E creio que todos os sacerdotes sinceros como o meu esposo Alberto devem agradecer ao pastor Josué Miranda, que não se limitou a defender um sacerdote, mas o direito de todos que desejam constituir um lar abençoado por Nosso Senhor.

— Ei, minha filha, você até parece que pretende "virar protestante"! — Falou Dona Genoveva, depois de ouvir as palavras da filha.

— Não, minha mãe. Não pretendo "virar protestante", pois a salvação, como disse o reverendo Josué, não está numa religião grande ou pequena, velha ou nova, mas somente na pessoa gloriosa de Jesus Cristo. E a senhora mesmo já deu testemunho de que meu pai se recuperou de sua prostração moral e espiritual pela oração do dirigente dos cultos dos crentes.

Eram nove horas da manhã de domingo quando vários caminhões chegaram, trazendo os crentes, inclusive uma pequena banda de música e um coral.

Com a permissão concedida pelo fazendeiro Jerônimo Portela, os membros da igreja, que vinham acompanhados do pastor, desceram no curral, onde fizeram uma oração rápida, seguindo depois para o local onde o batismo seria realizado. Vários candidatos aguardavam o momento de serem batizados. Quase todos eram agregados da fazenda, porém alguns eram vizinhos e residentes em sítios adjacentes. E entre os candidatos estavam Saturnino e Afonso. Este último era o pai da menina paralítica que fora curada por Jesus. Ela também era candidata ao batismo.

Da janela do quarto onde estava hospedado, Alberto Mont'Alvão observava o movimento dos crentes que se reuniam no local do batismo, à beira do córrego. O ato fora marcado para antes do almoço, a fim de que o povo pudesse descansar uns momentos e realizar o culto, no qual seria ministrada a Santa Ceia, a primeira a ser realizada ali na congregação fundada na fazenda dos Portelas.

À beira do poço que fora preparado no córrego construíram-se duas barracas, cujas paredes ou tapumes eram ramos de cambará e outros. Tudo era muito simples, mas suficiente para abrigar os que deveriam ser batizados. Aquele ato havia despertado a atenção da vizinhança, pois era o batismo por imersão. Diferente, inédito para eles!

Da porteira do curral de onde observava a movimentação dos crentes, Daísa olhou para a janela do quarto, avistando o marido que lhe acenou com a mão, no esboço de um sorriso espontâneo. Voltando a olhar o vaivém do povo de Deus e de camaradas curiosos que se dirigiam para o local do batismo, resolveu subir ao quarto e convidar o marido para assistir àquele ato tão diferente e singular.

— Vim convidá-lo para que vá comigo à beira do rio, pois gostaria de assistir a esse batismo esquisito.

— Vamos! Não é esquisito, não. É assim mesmo! Nos primórdios do Cristianismo, os batismos eram assim. Mas, com o passar dos anos, vieram as modificações. E então surgiram discussões e várias formas de batismo, inclusive aquela que a Igreja Católica adota. Assim, mesmo entre os protestantes há diferença. Uns praticam o batismo por aspersão, com um pouco de água. Outros seguem a linha ortodoxa, batizando por imersão, e estão mais certos, pois batismo quer dizer imergir, mergulhar.

— Então, por que batizava despejando somente um pouquinho de água e mais uma porção de coisas?

— Bem, porque eu aprendi assim e assim fazia, cumprindo a determinação dos ensinos e normas da Igreja. Mas não vamos criticar os crentes ou os pastores porque batizam de outra forma. Isso é mais um ato de fé para cumprir a ordenança de Nosso Senhor.

— Se é um ato de fé — voltou Daísa a falar —, por que a igreja determina errado?

— Não convém discutirmos essas coisas, porque eu não deixei a minha batina e o meu ministério por questões doutrinárias, mas foi por sua causa, pois como sacerdote não podia me casar.

— Você tem razão. Não vamos discutir, mas erro é erro mesmo, esteja onde estiver.

O pastor ainda estava pregando, quando Mont'Alvão chegou acompanhado da esposa. Permaneceram um pouco afastados da pequena multidão que se comprimia à beira do córrego. Ouviram as explicações do servo de Deus, que, ao terminar, orou pelos novos convertidos. E, ato contínuo, desceu até o meio do poço, examinando o local. Enquanto convidava os novos crentes a descerem às águas, o presbítero que havia orado por Jerônimo Portela, continuou dirigindo o culto, entoando hinos, entre eles:

Com tua mão, segura bem a minha,
Pois eu tão fraco sou, ó Salvador,
Que não me atrevo a dar nem um só passo
Sem teu amparo, meu Jesus Senhor!

Quando voltares esses céus rompendo,
Segura bem a minha mão, Senhor,
E, meu Jesus, ó leva-me contigo,
Para onde eu goze teu eterno amor.

Daísa ouviu as estrofes do maravilhoso hino. Era um cântico simples, mas penetrante, que falava ao coração. Alberto também nunca ouvira, e as informações que tinha eram diferentes. O casal continuou ali, ouvindo a voz calma e firme do ministro, que dizia: "... conforme a tua fé e a tua confissão, eu te batizo em nome do Pai, do Filho e do Espírito Santo".

Quando chegou a vez de Afonso, o retireiro, que se aproximou chorando, o pastor o deteve por alguns minutos e explicou aos assistentes o que Jesus Cristo havia feito para o irmão Afonso, curando sua filha paralítica que ali estava para ser batizada também. Todos calaram-se para ouvir a palavra do homem de Deus. E, no momento em que Afonso foi mergulhado, levantou-se. Então, após o batismo, falou uma língua que ninguém podia entender. Era estranha. Enquanto subia a barranca do córrego, seu rosto brilhava e ele continuava falando aquela língua. Muitos crentes, ao ouvirem o "barulho" e a língua que Afonso falava, também foram renovados e começaram a falar línguas, no que foram seguidos pelo presbítero e outros.

Alberto Mont'Alvão e Daísa não contiveram a curiosidade e se aproximaram mais do grupo, junto ao qual estava Afonso, falando em línguas. Ao presenciar aquela manifestação do poder de Deus, o casal ficou atônito. Mont'Alvão levou um susto quando ouviu Afonso, o retireiro, se expressar em latim: *Ego sum via, et veritas vita. Nemo veni ad Patrem, nisi per me* — "Eu sou o caminho e a verdade e a vida; ninguém vem ao Pai, senão por mim".

E, mais adiante, o retireiro que falava em línguas, voltou a falar em latim: *Crede in Dominun Iesum; et salvus eris tu, et domus tua* — "Crê no Senhor Jesus, e serás salvo tu e a tua casa".

E aquelas palavras em latim foram repetidas várias vezes. Alberto Mont'Alvão ficou perplexo ao ouvir aquele que apenas sabia assinar o nome e escrever garatujas falar latim, exortando-o. O ex-padre chegou a empalidecer.

Daísa, percebendo o impacto que causou ao esposo, ficou confusa. E, não se contendo, indagou o que seria aquilo.

— Creio que o Afonso recebeu o batismo com o Espírito Santo, pois estes crentes pregam e recebem esse batismo. Eu li muito sobre este assunto, mas nunca havia presenciado desse modo tão direto.

— E essa língua esquisita que o Afonso está falando, e que a gente não entende nada?

— Bem, eu entendi perfeitamente, quando ele falou em latim. Não compreendi as outras palavras. Mas as frases em latim foram traduzidas por mim.

— E o que ele disse em latim?

— Na primeira oração a mensagem foi: "Eu sou o caminho e a verdade e a vida, ninguém vem ao Pai senão por mim". Encontra-se no Evangelho de João, capítulo quatorze, versículo seis. E a segunda no livro de Atos, capítulo dezesseis, versículo trinta e um: "Crê no Senhor Jesus, e serás salvo, tu e tua família (ou tua casa)".

— Então Deus está com este povo — respondeu Daísa, que sentia o seu coração compungido.

— Há um mistério no meio deste povo, e, pela primeira vez, eu o observei — confirmou Alberto, pensativo.

Naquele momento, o pastor anunciava a realização do culto à noite e a Santa Ceia, que pela primeira vez seria ministrada na fazenda dos Portelas.

O povo já se dispersava quando Mont'Alvão e Daísa chegaram ao pé da escada onde o casal de fazendeiros estava e de onde acompanhara todo o movimento do batismo.

— Que barulhada foi aquela, de choros, cânticos e lamúrias? — perguntou Jerônimo, meio desconfiado.

— Esse povo é assim mesmo — respondeu Mont'Alvão. — Barulhento, mas, pelo que assisti, Deus está no meio deles.

— Sabe, meu pai, o Afonso chorou e falou em latim, e o Alberto traduziu — ressaltou Daísa, ainda impressionada pelo que acabara de presenciar à beira do córrego.

— O Afonso falou latim? Está sonhando, minha filha?

— Foi verdade, senhor Jerônimo — respondeu Alberto Mont'Alvão. — Pois eu o ouvi e traduzi.

— Não estou entendendo mais nada — falou Portela quase entredentes. — Pois quero ir ao culto deles essa noite, e vocês todos vão comigo. Quero ver que história é esta do Afonso, o retireiro, falar latim.

— Já devemos favores a esse povo — confirmou Dona Genoveva, segurando o braço do marido.

O pastor, que viera somente para passar o dia e ministrar o batismo e a Santa Ceia, sentiu vontade de ficar para o culto à noite. A casa era insuficiente para abrigar os irmãos, por isso o ministro resolveu dirigir o culto na casa do Garcia, o antigo crente brabo. Arrumaram bancos, e os novos crentes trouxeram suas cadeiras e tamboretes.

Na hora marcada, o culto foi aberto pelo presbítero, que convidou o povo a entoar o hino:

Nós abrimos este culto
Em teu nome, ó Jesus Cristo!
Ao pequeno e ao adulto,
Luz divina vem dar por isto.

Gozaremos em tua face,
Ó Cordeiro ressuscitado!
Com doçura, sim, nos enlaces,
Pra ouvir o que nos for dado.

Terminadas as estrofes do hino, o pastor que se encontrava presente convidou o povo para a leitura da Palavra de Deus. Naquele instante, Portela acabava de chegar acompanhado da esposa, do genro, o ex-padre, e da filha.

Após uma pregação substanciosa que apresentava Jesus Cristo como único Salvador, o pastor procedeu à leitura do texto referente à Santa Ceia, explicando o seu significado. Jerônimo Portela ouviu a leitura expositiva e gostou muito. Achou que estava mais certo do que a forma usada pela Igreja Romana. Mont'Alvão pretendeu defender a Igreja Católica, mas o fazendeiro foi intransigente:

— Não. Este modo de ministrar a comunhão é mais simples e mais prático. E também mais santo. Você ouviu o que o homem explicou?

Alberto calou-se. Não convinha discutir com o sogro. Ele era muito teimoso.

Após a Santa Ceia, houve convite para quem desejasse se entregar a Jesus, aceitando-o como Salvador. Daísa sentiu-se emocionada e quase levantou a mão em sinal de que o aceitava, mas olhou para o pai e este fitou-a com a cara fechada, num sinal de desaprovação.

Mas outras pessoas se decidiram por Jesus. Algumas, com lágrimas, receberam a oração.

Ao findar o culto, o pastor convidou todos para que voltassem àquela casa humilde como a residência de Lázaro, Marta e Maria, onde o Senhor Jesus Cristo comparecia pelo Espírito Santo e abençoava a todos, libertando homens de seus vícios, transformando vidas e curando enfermos. "Ele é o mesmo ontem, hoje e eternamente", dizia.

Ao regressarem à casa grande da fazenda, todos estavam certos de que Deus se manifestava no meio daquele povo, como fizera no passado, na Igreja Apostólica e em todos os tempos.

Quando se preparavam para dormir, Daísa falou ao marido:

— Sabe, meu bem, quando o pastor fez o apelo quase levantei a minha mão, aceitando Jesus, pois sentia uma força e um gozo que me induziam a levantar a mão. Mas depois pensei na sua situação de ex-padre e na exploração que muitos fariam.

— Eu não a proíbo de tomar essa decisão, porém convém que tenhamos prudência. Aliás, pretendo adquirir várias Bíblias e vou estudá-las melhor, confrontando-as com os ensinos da Igreja Romana, da qual não saí por divergir de seus ensinos, mas por causa da proibição iníqua do casamento para padres.

— Creio que meu pai gostou muito do culto — falou Daísa, pensativa.

— Eu também gostei. Considero um fato novo em minha vida. E a bem da verdade devo dizer que os sacerdotes são preparados para combater os cultos da Igreja Reformada. Esses cultos são apresentados aos padres como um amontoado de erros, no entanto, quando se tem a oportunidade de assistir, chega-se à conclusão de que é realmente um culto diferente, sem formalismo ou ritos adrede preparados. Apesar disso, ou talvez por causa disso, Deus se manisfesta no meio dos crentes, como vimos hoje o caso de Afonso.

— Vamos pedir ao Nosso Senhor para que nos dirija a respeito desse assunto, porque eu senti, repito, uma coisa tão boa no meu coração, quando o pastor pregava, que nem posso dizer.

— É, deixemos com Deus. Ele nos dirá como devemos agir.

No dia seguinte, logo cedo, seu Jerônimo chegou à porta do quarto, gritando para o genro:

— Ei, rapaz! Fazendeiro se levanta cedo. Não fica dormindo até tarde. Somente quando está enfermo.

Mont'Alvão que estava raspando a barba, respondeu alto:

— Estou me aprontando, já vou!

Na copa, junto à cozinha, Portela voltou a falar com o genro, sempre em tom de brincadeira. Passados uns minutos após o café, convidou Alberto para que o acompanhasse até ao pequeno escritório da fazenda, no qual havia, além da escrivaninha velha, um cofre também antigo e umas três ou quatro cadeiras de palhinha, também gastas pelo uso. Já no escritório, puxou uma cadeira e mandou que o genro se assentasse bem perto de si. Depois explicou:

— Chamei-o aqui, Alberto, porque preciso de sua ajuda. Meu filho, que está estudando, não tem vocação ou mesmo desejo de ficar comigo aqui nesta labuta. Você terá de vir me ajudar. E Daísa gosta disso aqui. Você vai deixar esse negócio de emprego lá da cidade. Agora você possui recursos para ser patrão, e não empregado. Venha, e lhe darei participação nos lucros da fazenda. E, quanto a esse negócio de sacerdote, deixa isso pra lá. Se a Igreja Romana insiste em perder seus padres, é problema dela. Que continue proibindo os sacerdotes de se casarem e ficará prejudicada mais do que já está. Para ser sincero, gostei muito da pregação do culto de ontem. Nunca pensei que fosse assim, um povo esclarecido, sincero e que tem a aprovação de Deus. O meu erro foi não haver atendido quando solicitaram licença para dirigir os cultos, pois onde esse povo chega, as bênçãos chegam com eles. Diga a Daísa que eu o convidei para vir trabalhar comigo. Para me ajudar a cuidar daquilo que é nosso.

— Hoje mesmo falarei com ela. Mas há o problema da firma que devo deixar. Aqueles homens foram cavalheiros e bons comigo.

— Vá à capital e os avise. Não deixe de agradecer, pois é desse modo que um homem de bem deve agir. Não precisa vir escondido.

Na hora do descanso, após o almoço, Alberto Mont'Alvão comunicou à esposa tudo que havia ouvido e falado com o sogro. Daísa, ao ouvi-lo, deu um grito de alegria.

— Meu bem, e o que você acha?

— Estou decidido a vir, pois minhas relações com a igreja estão cortadas. Não importa, portanto, o que o povo diga. Amanhã mesmo sigo para a capital e tomarei as providências necessárias, inclusive despachando a nossa mudança.

— Não se esqueça de agradecer e se despedir do senhor Vicente Magalhães, o dono da pensão. Ele nos ajudou muito, tanto material como espiritualmente.

No dia seguinte, Mont'Alvão seguiu para a cidade onde fora pároco e desta para a capital. Ao chegar, foi procurar a pensão do seu Vicente, expondo ao velhinho amigo todos os acontecimentos e como o sogro Portela o havia convidado. Depois foi à firma, onde agradeceu ao diretor que o apoiara naquela situação difícil. O homem reuniu todos os funcionários, inclusive aquela mãe solteira, perseguidora de Alberto Mont'Alvão, para que ouvissem o discurso do ex-padre. Alberto fez questão de abraçar o velho nordestino, que lhe testificara muitas vezes, tratando-o com carinho.

— Agradeço-lhe a bondade, Severino, as suas palavras ficarão gravadas no meu coração. Já assisti a um culto na fazenda do meu sogro e vou adquirir várias Bíblias para estudá-las melhor.

— Muito bem, Doutô. Estude mesmo a Palavra de Deus, que vou orar pra Jesus fazer de vosmecê um pregadô do invangelho.

Ao dizer essas palavras, o velho Severino, um crente de tão bom testemunho, abraçou Mont'Alvão e falou em línguas. Da sua boca saíram as seguintes palavras: "Eu farei uma obra". Alberto, porém, não entendeu o sentido daquela frase.

Alguns dias depois, já se encontrava na fazenda, trabalhando junto ao sogro.

Daísa não se continha de alegria. Na cidade, os comentários eram sempre favoráveis ao ex-padre. Na paróquia, o sucessor de Mont'Alvão gostava de tomar umas cervejas, embora não o fizesse em público. Porém, não comentava nada sobre o ex-sacerdote, nem dava resposta às perguntas que lhe eram dirigidas. Todos criam que intimamente o novo vigário da paróquia dava razão ao colega, pois ele próprio já havia sido transferido de uma paróquia por haver se comprometido com uma moça. Quem ficou decepcionada com a volta de Alberto Mont'Alvão foi a Dona Sílvia.

Na fazenda, todos gostavam do ex-padre e o tratavam como Dr. Alberto, por determinação de Jerônimo Portela. Eles reconheciam a vitória do bom senso, pois o celibato obrigatório não passava de um anacronismo, uma exigência que colidia com os dispositivos do Código Divino, a Bíblia Sagrada.